JN306779

さくら色
オカンの嫁入り

咲乃月音

宝島社
文庫

宝島社

装丁／藤牧朝子
イラスト／西村敏雄
写真提供／アフロ
ＤＴＰ／ユーホー・クリエイト

さくら色

オカンの嫁入り

第一章　おみやげ

ある晩オカンが男を拾《ひろ》てきた。

春の雨降る夜中。あたしが目を覚ます前に、オカンの帰ってきた気配に、横で寝てたハチが飛び起きて、急いで廊下を走っていった。床《ゆか》にあたるハチの爪《つめ》が立てるチャカチャカという音が遠くなってくのんを、あたしはうっつらとした頭で聞いてた。ザアザアと部屋の中にまで入り込んでくる雨の気配。寝る前はそんなに強い雨やなかったのに。

かなんなぁ、オカン、べろんべろんとちゃうか。きっと明日の朝、あ、もう今日の朝か、しじみのお味噌汁《みそしる》食べたい、とうるさいに違いない。オカンの二日酔いの朝の定番。よかった、しじみ買《こ》うてあって。しばらくなかったけど、そろそろ酔っぱらって帰ってくるころかなって思たのよね。できたムスメじゃ。

つらつらとそんなことを半分起きて半分まだ眠った頭で考えてたら、オカンの大声。

「月《つき》ちゃん、ただいまぁ。お土産があるぞい。起きといでぇ〜」

誰《だれ》が起きるかいな。とっとと水でも飲んで寝床《ねどこ》に入っておくれ。あたしはオカンと違うて夜型やないのよ。ううん、と掛け布団を引き上げて、ドアに背を向ける。

さらにでっかなる声。

「おーい、娘よ、起っきれーい」

あかん、あかん。このあいだも酔っぱらって騒いで、隣のサク婆《ばあ》にお灸《きゅう》据えられたとこやのに。また罰ゲームでうちの町内分担が増えてまう。

はいよ、はいよ、いま参りますがな。

素足で歩くヒンヤリした廊下。ペタペタペタ。もう春やと思うたけど、足の裏には冬の名残りがしみてくる。夜はまだまだ冷え込むんや。玄関でそのまま寝てもうたりして、風邪ひかれても、かなんし。

廊下から玄関に出る暖簾《のれん》をくぐる。そこには特上機嫌のオカン。陽子《ようこ》という名前のとおり、あったかい陽だまりのようなその笑顔。オカンの性格そのまんまに、好き勝手にあっちにこっちに向いてるくるくるの天パの髪。その髪に、雨のしずくがとまってる。

利かん気の強そうなキリッとした眉毛《まゆげ》と、その下できらきらしてる黒目がちの子犬みたいな目。別嬪《べっぴん》さんというのとはまたちゃうねんけど、人の目を引かずにはおれんその面差《おもざ》し。

黙ってても、心の強さがにじみ出てくるような。こういう人を魅力的って言うんやろうなあ、と、べろんべろんのオカンを見て、場にそぐわんことを思うあたし。これやからマザコンやって、よう言われるんやろか。しゃあないやん。オカンのこと好きやねんもん。

その、娘いわく魅力的にべろんべろんのオカンの足元に、うずくまる男。

これ、誰？

「これ、誰?」

ハテナがそのまま口に出る。

「さっきから言うてるやぁん。お〜み〜や〜げ〜」

オカンの髪からハラハラと散る雨のしずく。

はぁ? おみやげ?

「拾てん。捨《す》て男《お》やねんて。この人」

はあぁ? 拾たって、捨て男って、また、おかしなことを。

「ほんでな、お母さん、この人と結婚することにしたから」

はあぁ? なんですと? ちょっと、待ったりいな、と突っ込む前に、あとはよろしく〜とか、おやすみ〜とか、ムニャムニャ言いながら、オカン、玄関にバタンと倒れて沈没。

あとはよろしくって、何をどうよろしくすんねんな、この状況で。

静かになった玄関に響くオカンと、たたきに寝っ転がる捨て男なる男の鼾《いびき》の二重奏。

さっきより強なったような気がする雨の音がそれに重なる。ザアザアザアザア。

かなんなぁ。なぁ、ハチ、どないしょう。何か難儀なことになりそうや。

足元のハチに目で問いかける。

腕組みするあたしの横で、ハチも小首をかしげてた。


翌朝、雨戸を開けたら外は快晴！　ビュウティホー・サンデイッ！　あの雨はほんまやったんかなぁって思うぐらい。昨日の夜中のことも夢のような気がする。

玄関で眠ってしもうたオカンを引きずるようにして、とりあえず布団の中にほりこんだ。上がりかまちで団子虫のように丸まってた捨て男には、毛布だけ引っかけといた。

夜中に変に起きたせいか、あたしまで二日酔いみたいに頭がぼうっとする。

あたしの起きるんを待ち構えていたハチを足元にまとわりつかせながら、トントンと階段を下りる。暖簾越しに玄関をのぞく。いつもの玄関。上がりかまちに、捨て男にかけた毛布がきちんと畳んで置かれてる。よかった、捨て男は帰ったんやね。

台所に入って冷蔵庫からキンキンに冷えた牛乳を出す。ひと口飲んだら、すっきりせえへん頭がキインとなる。ふぅ。

ねえちゃん、早うお散歩行こ、お散歩。ちぎれてまいそうに尻尾《しっぽ》をぶんぶん振りながら、ハチがあたしを見上げてる。どんなときも、お散歩とあたしが大好きなハチ。ゆるぎない愛がくれる、ゆるぎない幸せな気持ち。心があったかくほどける一瞬。

よっしゃよっしゃ、お散歩行こな、とかがみ込んで、ハチの顔を両手で包む。ハチの身体のぬくもりと、ハチへの愛しさが、両手からあたしの身体いっぱいに広がる。

「おはようさん」

ハチとのラブラブタイムに、いきなり割り込んできた声。飛び上がって振り返ったら、台所の入口に立つ見知らぬ男。ひいいっ、と思わず引きつけのような声が出かかったけど……あんた、もしかして捨て男？　あんた、まだ、おったん？　昨日はオカンの足元に転がってたからようわからんかったけど、ごっつい格好やなぁ。

テカテカの、いかにも安もんそうな真っ赤なシャツ。朝の台所では普通見かけんその色彩。そのシャツもごっつい濃けりゃ、また、顔も濃いなぁ。ぶっとい眉毛にマッチ棒三本ぐらい乗りそうな上下びしばしの睫毛《まつげ》。濃いひげ。それより何より、その頭。なんやのそれ？　いまどき、リーゼント？

「あ、もしかして見とれてる？」

昔のひげそりの宣伝みたいなポーズで捨て男が訊く。声までねちょいな。ばったもんの郷《ごう》ひろみみたいや。きしょい、きしょい。いちばん好かんタイプ。

「起きたんやったら、帰ってくださいね」

朝から不機嫌な声出したら一日げんが悪いみたいでいややけど、しゃあない。

散歩行くで！とハチに声かけて、台所の入口に突っ立ってる捨て男の横をすり抜けて、スタスタと玄関に向かう。玄関のたたきに転がってる男もんの靴。真っ白のワニ革で、先がとんがってる。

ひゃあぁ、助けて。リーゼントに、赤シャツに、白ワニの靴？　どこぞの安いチンピラか、ひと昔前のヤンキーか。あぁ、きしょい、きしょい、きしょい。あっちゃ、行け！と、つま先で白ワニを蹴《け》飛ばす。

あれ？　ハチがついて来てへん。おおいハチ、と振り向いたら、あろうことか、ワフワフと床に転がって、捨て男にお腹なでてもうてるがな。

こら！　会うてすぐの人間に降参ポーズとるな、わが愛犬よ。ねえちゃんは情けない。

「ハチッ、散歩行けへんのっ」

とがった声出したら、やっと起き上がって駆けてくる。チャカチャカチャカ。

「あとでまた遊んだるからなぁ」

と追っかけてきた捨て男の図々しい声を断ちきるように、パシッと玄関を閉める。

あぁ、いやいやっ。


外に出て、思わず目を細める。ひゃあ、お日さんが目にしみる。深呼吸ひとつ。なんとなく春のにおいがするような風。ああ、ええ気持ち。とがってた気持ちの角《かど》がほんわり丸くなる。

さぁさぁ行きましょ、とアルミの門を開けかけた手がふと止まる。耳に届いたザッザッザッという音。

こ、これは、もしかして。門から顔をちょっとだけ出してのぞく。

やっぱり……。

隣の家の前には、ザッザッザッザッと規則正しい音を響かせて、道を掃いてるサク婆の姿。パリッと糊《のり》のきいた真っ白な割烹着《かっぽうぎ》。サク婆って、割烹着何枚持ってんねんやろ。いつ見ても、しわひとつないシャンとした割烹着。そんなん着てるから、サク婆が八十という年とは思えんほどシャッキリ見えんのか、サク婆が着るから割烹着もシャッキリするんか。サク婆のまわりにはいつも、掃除したての空手道場のような空気が漂ってる。

それにしても、いつもはこの時間にはもう道の掃き掃除なんて終わってるはずやのに、あたしを待ち構えてたに違いない。昨日の夜中のオカンの大声で、またサク婆を起こしてもうたかな。

お目玉くらうかも。かなんなぁ。というて、散歩に行かんわけにはいかんしなぁ。ここは、うまいことかわすしかないか。ほな行くで、ハチ、とカチャンと門を出る。

「サク婆、おはよう。ええお天気やね」

やましいことの微塵《みじん》もない、歌のおねえさんのようにさわやかな声をかけて通り抜けようとしたけど……甘かったね。敵もさるもの。

「月ちゃん。昨日、陽ちゃんは何時に帰ってきたんや」

びっくりするほどすばやく前に回り込んだサク婆に訊かれた。

「ええっと、一時ごろやったかなぁ?」

ほんまにあんまり覚えてないあたしがウロウロこたえる。

「一時ってことないで。二時はとうに過ぎとった」

知ってるんやったら訊きないな……とはもちろん言えず。なんせ、うちの大家さんでもあり、町内大会長でもあるサク婆。

このあいだ、オカンが酔っぱらって電柱にのぼって、本人いわく、ミンミン蝉《ぜみ》の初物サービスっていうのをしたときには、向こう半年、毎日ごみ置き場の掃除という罰ゲームを言い渡されたわが家。ここは穏便にね、穏便に。

「うるさかった?　すんません」

ただちに最敬礼でお辞儀。しわに縁取られた大きな目をちょっとすがめて、サク婆はフンと息をつく。お、罰ゲームは逃れたかな。

「ほんで、あれは誰や？」

「あれって？」

「陽ちゃん、誰かと一緒やったんとちゃうんか？」

げ、そんなことまでばれてやんの。壁に耳あり、障子にサク婆ありやな。

「ああ、なんか、飲み屋ででも知りおうた人が送ってくれたんとちゃうかな」

「……ほんで？」

ぐいっと寄ってきたサク婆、迫力のアップ。

「ほんでって。あたしもよう知らんねん」

これはほんまやもん。ていうか、知らんうえに、それは赤いシャツにリーゼントの、なんやチンピラみたいなオニイチャンです、とはよう言わん。これ以上突っ込まれたらどうしょうと思うたら、むっちゃええタイミングで、しびれ切らしたハチがあたしのジャージの裾《すそ》に飛びついた。

ねえちゃん、早う行こう、とウルウル見上げるハチの目。さすがわが愛犬、ええ働きしてくれるやないの。

「あ、サク婆、ごめん。ハチ、もう辛抱ならんみたい。またあとでね」

まだまだいろいろ訊きたそうな表情のサク婆の横をすり抜ける。サク婆の視線を背中に感じながら角を曲がる。あぶない、あぶない。

まさかサク婆、追っかけては来《け》えへんやろうけど、いつもより小走りに、少しゆるい坂をのぼってく。右手には、最近できた新しい建売住宅の玄関が並んでる。うちの家とは違う、いまふうの洋菓子のような家。まだ真っ白な壁。オレンジ色の屋根。白抜きで番地が書かれた、アメリカの映画に出てくるような赤い郵便受けが並んでる。

ここも昔は田んぼやったなぁ。ちいちゃいときはオモチャのバケツ持って、ペタペタ裸足であっちの田んぼ、こっちの池と歩き回ってたなぁ。いつやったっけ、駅前に大手スーパーのチェーンの本社ができた。それからはあっという間やった。スーパーが二軒もできて、コンビニまでできて、市場がなくなった。マンションができて、菜の花畑がなくなった。おたまじゃくしの池が埋められて駐車場になった。

どれも変わってしもたときは、あれ？って立ち止まったけど、そのうち新しい風景に慣れていく。こうやっていろんなことを忘れたり、慣れたりして、時間というもんは過ぎていくんやろか。


道を挟んで向かいの田んぼの柵《さく》によいしょっと腰かける。ねえちゃん、早う早う、とジタバタしてるハチの首輪から散歩ひもを外してやる。すごい勢いで駆けてくハチが、あっという間に田んぼの隅の点になる。

この田んぼは、同じ町内のおじいさんとおばあさんが持ってはる田んぼ。ふたりそろって大の犬好きで、たまたまハチの散歩と出くわしたりすると、かわいい子やと言いながら、ハチが道路に溶けてしもたかのようになるほど、なでてくれはる。

前にふたりが飼《こ》うてはった犬も、ハチと同じ真っ黒な犬やってんて。

ハッちゃんを見てるとクロベを思い出すわ、とおばあさんはときどき、目が潤みはることもある。

もう犬は飼いはれへんのですか?と一回訊いたことがある。おじいさん、ちょっと遠い目で、

「もう見送りたないからなぁ」

と言いはった。その横でおばあさんが、笑いながらも、なんや淋《さみ》しい目してうなずいてはった。そのふたりが、せっかくの散歩やのにずっとつながれてたらかわいそうや、ハッちゃんにはうちの田んぼでのびのび走り回らせてあげて、と言うてくれはった。

田植えが始まるまでのハチ専用の運動場。思いきりぐんるぐんる走り回ったあとは、あっちこっちにおいをふんふんかいで回ったり、あんた、地球の裏まで突き抜けんでってぐらい一心不乱で掘った穴に鼻面を突っ込んだり。せわしない子や。

ほんでも、ときどきふと振り返って、あたしがここにおんのを確かめるハチ。ねえちゃん、ちゃんとそこにおってな、僕の遊ぶの見とってな、って言うみたいに。遠くのハチに、見えてるんか見えてへんのかわからんけど、笑いかけてみる。ちょっと小さく手を上げて。あたしはちゃんとここにおるよ。

くっきり晴れたお天気やけど、田んぼの土はずっぽり湿ってて、ところどころに水も

たまってる。まだ昨日の雨のにおいがする。田んぼから立ちのぼる泥んこのにおいを吸い込む。

いままで酔っぱらっていろんなことがあったオカン。でも男の人連れて帰ってきたことはいっぺんもなかった。しかも、なんて言うた？　結婚するて？　ありえへん。あたしが生まれる前に死んでしもた父。オカンの最愛の人。オカンが父と出会うたんはまだ二十歳《はたち》のときで、ほんでも、二十歳なりにいっちょまえの恋はしてきた……と思うてたオカン。父と恋に落ちるまでは。

父と出会うて、この人が好きやと思うた瞬間に、心の中で地鳴りのような音がしてんて。ズズズズズって。どんどんわき上がる気持ち。自分の何もかもが竜巻に巻かれて、どっか、ちゃうところへ運び去られるような。身体も魂もいままでの自分までが、めきめきと音を立てて、なぎ倒されるよう。その暴力的なまでの気持ちの渦に巻き込まれて、息もつかれへん自分。この竜巻に比べたら、それまで自分が恋愛やと思うてたんは、ミズスマシが池につける輪っ子ぐらいのもんやったなぁ、と、オカンは目からウロコ落ちたらしい。

気の毒な元彼たちよ。ミズスマシかよ。


で、竜巻にさらわれるように、オカンは父と結婚した。初めて会うてから半年もせんうちに。なんでそんなに急いだんやろな、そのときにはふたりとも、まだ知らへんかったはずやのに。父が、結婚してからほんの三月後《みつきご》に、この世を去ってしまうことを。

一緒におれる時間がこわいほどに短いことを、ふたりの恋心の深い深いところが感じとったんやろか。悲しい予感。愛しい人とちょっとでも長く、ちょっとでも多く一緒にいようと呼び合うた心。


父が死んだとき、あたしはまだオカンのお腹の中で、オカンもあたしのおることを知らへんかった。オカンの羊水の中でとっぷり眠ってたあたし。

そやのに不思議。いまでもハイライトの箱を見たら、泣きたいような気分になる。

ヘビースモーカーやった父が好きやった煙草。さすがに入院してからは吸えへん……

っていうか吸われへんようになったけど、ほんでも、十六のときからの連れみたいなもんやから（父よ、ちなみにわが国では未成年の喫煙は禁じられてるんよ）、見るだけで落ち着くんや、と言って、病院のベッドの横のテーブルに置いたライトブルーのパッケージ。

とうとう父の呼吸が止まったとき、父の名前を何べんも何べんも呼びながら、治ってまたパカパカ吸うたるって言うてたのに、とオカンの手の中で握られてくしゃくしゃになってたハイライト。

オカンとつながったへその緒から流れてくる悲しみに、あたしも一緒に泣いてたんかもしれん、お腹の中で。会うことのなかった父を思って。

火葬場の煙突からのぼってく父を見上げながら、オカンは、自分の恋心も高いとこへとのぼっていくのが見えたって。見上げられても、手は届けへん遠いとこへ。

それからも、オカンに恋する人はようさんおった。けど、オカンが恋する人は現われへんかった。それに、そばにはあたしがおったし。同じ笑い方するわとオカンが言う、父によう似たあたしが。ときどきあたしは感じるような気がする。父の遺伝子があたしの目を通して、いまでもオカンを見守ってるんを。あたしの中に受け継がれた、父のオカンへの愛情。

ようやっと気が済んだんか、ハチが戻ってきた。ひゃあ、あんた泥だらけやんか、と言うあたしの声に、かえってうれしそうにワフワフ言うて。愛《う》いやつめ。

カチャンと散歩ひもを首輪に付けて、帰り道につく。

ねえちゃん、ねえちゃん、早う帰ろう、僕、むっちゃお腹すいた、と、今度は家に向かってあたしをぐいぐい引っ張ってたかと思うたら、ときどきふと立ち止まるハチ。

何かを考えるような顔つきで空を見上げてるハチの視線を、おんなじようにたどる。べつに何が見えるわけやない。ただ風が吹いてるだけ。ハチには風が見えるんかな。変わってく季節の風が。一緒になって見上げたら、時間が一瞬ゆっくりになる。

昨日の雨が嘘《うそ》のように透明に青い空。白いちぎれ雲。ハチとこうして一緒に歩いたら、いつもはセカセカ通りすぎてしもて目に入らへんもんが見えてくることがある。

オカン、まだ起きてないやろなぁ。捨て男、まだおったらどうしょう。

重い気持ちでガラガラと玄関を開ける。玄関のたたきの隅に、蹴飛ばされたまま転がってる捨て男の白ワニ。

げ、やっぱり、まだおる。顔をしかめた途端に台所から捨て男が顔を出す。一緒に流れ出てくるお味噌汁のにおい。あんた、何してんのん？

「お帰り、もうすぐ朝ご飯、できるで」

とニカッと笑う。

お帰りやと？　朝ご飯やと？　ここはあたしの家じゃ！

女の子が朝からそんなこわい顔せんと、別嬪さんが台無しやで、とニカニカしながら玄関に出てきた捨て男に、あ、そうや！とひらめいて、足元のハチをひょいと渡したった。泥んこのハチ。捨て男の赤シャツに飛ぶ、泥の点々。

「宿賃代わり。この子、お風呂場《ふろば》で洗うたって」

暖簾の向こうの風呂場の戸を指さしながら言い捨てて、台所に向かう。ええ、なんで俺なん？　まじ？　立ち往生してる捨て男の気配。ちょっとぶつぶつ言うのんが聞こえたけど、あきらめたんか、おまえ、どないしたらこないに泥まみれになれんねん、とため息まじりにハチに話しかける声が廊下のほうに消えてく。

オカンが起きたらオカンからも言うてもらわな、早う帰ってちょうだいて。そやけどオカン、捨て男を拾てきたん、ちゃんと覚えてるやろか。べろんべろんに酔っぱらうと、ときどき記憶がぶっ飛んでしまいやるからなぁ。

ぶつぶつ思いながら台所に入ってったら、隣の茶の間のテーブルにオカンがもう座ってた。え？　いま、何時？　思わず時計を見る。まだ八時半。今日は仕事が休みなうえ、飲みすぎ二日酔い状態のオカンがこんな時間に起きてくるやなんて。

「月ちゃん、おはよう」

しかも、普通の声や。二日酔いのガラガラ声とはちゃう。

オカンの声を背中で無視して、目も合わさんと、冷蔵庫から冷えたトマトジュースを出す。

「なぁ、月ちゃん」

テーブルからオカンが乗り出してくる気配。背中を向けたまま流し台に手をついて、トマトジュースを一気飲み。

「月ちゃんってば、何怒ってんの」

台所に入ってきたオカンが横に立つ。なぁ、月ちゃん、と手をつかんでくる。もう、しゃあないなぁ、と向き直ったら、えへへへ、といたずらを見つかったみたいな顔で笑うオカン。

ほんま、もう、しゃあないなぁ。

「オカン、酔っぱらうのはええけど、変なもん連れて帰ってくるんはやめてくれる?」

「変なもんって?」

窓から入る陽の光に、もともと色の薄いオカンのくるくるの髪が透けてる。毛先に飛ぶ朝の光。

「捨て男に決まってるやないの」

「捨て男?　ははははは、研《けん》ちゃんのこと?」

何がおかしいねん。

「オカンが言うてんで、捨て男やって」

「あたし、そんなん言うたん？　そんな失礼なこと？」

「ほんまや、陽子さん、失礼やで」

声に振り向いたら、また捨て男が台所の入口に立ってた。水と泥が飛び散った赤シャツとニカニカ笑いで。


おもんない、おもんない、おもんない〜。

なんで、捨て男と三人で朝ご飯の食卓を囲まなあかんねん。

「だって、朝ご飯作ってくれたん、研ちゃんやないの」

なんで捨て男があたしのTシャツ着てるねん。

「だって、研ちゃんのシャツ、どろどろのビチョビチョになってしもたやないの」

ほんでも、キツキツで長さ足りへんから、ヘソ毛見えてんねんけど。

なんであたしが、日曜の朝に、どこの誰かわからん男のヘソ毛見ながら朝ご飯を食べなあかんねんっ。

きしょい、きしょい、きしょすぎるっ。

言葉にせんと、目だけギロギロさせて心の中のムカツキを示すあたしに、なんでわかるんか、ぴったりの合いの手を入れてくるオカン。いまだに、見えへんへその緒がつながってるんかと思うのはこういうとき。

あたしの不機嫌もその理由もきっとわかってて、その濃い顔にはおよそ似合わん、運動部の新入部員のようなさわやかさで、あ、ご飯おかわり？　お味噌汁は？　お茶いれなおそか？とまめまめしい捨て男。しかも、捨て男が作ったという朝ご飯は、悔しいぐらいに美味しい。ご飯の炊き加減といい、このお味噌汁といい。

なんやのよ、ふたりして。なんか、いつまでもムッツリしてるあたしが、聞き分けのないスネ子みたいやないの。

「月ちゃん、ええ加減にしなさいよ。だいたい研ちゃんは、つぶれてしもたあたしを送ってきてくれはってんで」

「……それは、どうも」

くいっと、あごだけで捨て男にお辞儀の形をする。

どういたしまして、と捨て男が笑う。口の横にくっきりとできる笑いじわ。あれっ？と思う。どっかで見たよな笑い方。

そっからは、なし崩し。むっつり黙ってたぶん、いっぺん口がほぐれたら、訊きたいことが口をつく。

「ほんで、どこで飲んでたん？」

「捨て男とはどうやって会うたん？」

「昨日の晩のこと、ちゃんと覚えてるのん？」

ちゃんと覚えてるよ、当たり前やないの、と笑うオカン。捨て男って呼んだんは覚えてへんくせにさ。やわらかい朝の光の中、オカンがちょっと姿勢を正す。

「昨日の晩は、『福耳《ふくみみ》』で研ちゃんとばったり会いました。ふたりで一升瓶、二本も空けました。ほんで研ちゃんがプロポーズしてくれて、あたしは、はいっと返事しました」

まるで用意してたようにスラスラとこたえたかと思うたら、シャンとしてた肩の力をふぅっと抜いて、また、えへへ笑いのオカン。

「プロポーズ？」

声が思わず裏返る。自分が一気に場違いな場所に来てしもたような心地の悪さ。この人と結婚するからって言うたんは、酔っぱらいのタワゴトとちゃうかったん？

「昨日初めて会うた男から？」

カチカチのあたしの声。黙るふたり。いつの間にかテーブルの下に来たハチが耳をかく音。ぽりぽりぽりぽり。

「……昨日が初めてやないもん」

もぞもぞしながら言うオカン。

「初めて会うてからは、もう五年ぐらいかなぁ」

これまた、もぞもぞしながら言う捨て男。

ええいっ、ふたりでうれしそうに、もぞもぞ、もぞもぞするんやないっ。

それに、五年ってなんやの、それ。あたし、全然知らんかった。捨て男の存在どころか、オカンにつきおうてる人がおることさえ。五年というその長さに打ちのめされる。

仲のええ母娘やと思てたのに。ふたりっきりの家族やのに、あたしに隠しごとしてたんかと思うたら、不覚にも涙がにじんできた。ううう、泣くな自分、ええ年こいて。

うつむいて半泣きのあたしの姿に息を詰めるふたり。

そこへ、テーブルの下からハチがとことこ出てきた。上空の不穏な空気を感じたんやろか。ハチよ、お前はあたしの味方よね。黒いピカピカの鼻面をなでようとしたら、さっと身を翻して台所に走っていき、あっという間に自分の空のえさ箱くわえて戻ってきた。ねえちゃん、お取り込み中悪いんやけど、飯おくれ、飯。僕のご飯、忘れてるで。えさ箱を前にかがんだ姿勢で、上目づかいでブンブン尻尾を振るハチ。ねえちゃん半泣きやというのに、わが愛犬よ。いつものことながら、タイミングがええんか悪いんか。

やっとありついたご飯を、おいしい、おいしい、と首振りながら食べるハチ。

三年前のゴールデンウィークにうちに拾われてきたんは、たぶん生まれて四、五日やったんかな。まだ目も開いてへんかった。

自転車置き場のダンボール箱の中で、ハチを入れて五匹のちっちゃい毛のかたまりが眠ってた。息するのんに合わせてゆっくり上下するピンク色のお腹には、まだへその緒の名残りみたいなんがくっついてた。

五匹の脇にはバニラアイスのカップに入れられた牛乳。

こんなちいちゃいのに、どうやって自分で牛乳飲めるねん。

捨てていった人間の五匹に対するおざなりの気持ちがそこに見えるようで、余計に腹が立った。ほんまやったらいまごろは、母さん犬の腕の中で、うにゅうにゅミルクを飲んでたはずやのに。

もちろん五匹も飼われへん。ほんでも、そのままそこに放っておいたら、きっと一日もせんうちに死んでしまうやろう。あたしが連れて帰っても、こんなちいちゃい子ら、育てへんかもしれん。ほんでも、どうせ消えてしまうかもしれへん命やったら、ここで捨てられたまま終わってしまうより、ちょっとのあいだでも屋根の下、誰かに見守られた中でのほうがましなんとちゃうやろか。

あたしが抱えて帰ったダンボールをのぞいて、オカンはうわぁ、と声を上げた。うわぁ、かわいいいって。

五匹に名前をつけた。桃、栗《くり》、さん吉、柿《かき》、そしてハチ。育てへんかもしれんけど、桃栗三年柿八年、実るのんを願って、できるだけの世話はしたかった。

獣医さんに教えてもうたとおりに、三時間置きの授乳、三時間置きのうんち。あの年のゴールデンウィークは寝不足やった。

やっぱり無理があったんかな。数日のうちにさん吉が旅立ち、栗もそれに続いた。片手にすっぽり収まるような短い生涯。

家にあるスコップで、裏庭の無花果《いちじく》の木の根元に穴を掘った。

スコップでさくさくっと、ちいちゃい穴を掘ったつもりやったのに、そおっと、その冷たくなった身体を横たえてやると、穴はがらんと大きくて、その真ん中にポツリと、あまりにちいちゃすぎるその姿が悲しくて、なかなか土が掛けられへんかった。

今度もし生まれ変わったら、もっともっと長く生きられますように、と手を合わせた。

残った三匹はびっくりするほど元気にスクスク育っていった。走って回って転がって、ぐうぐう眠って、もみくちゃになりながら。

器量良しの桃と柿は夏になる前に新しい家族が見つかって、愛嬌《あいきょう》だけが取り柄のハチは、いまもあたしらと一緒におる。

目の前のご飯が僕の人生のすべてやもんね、っていう勢いで食べるハチ。その姿を横にしゃがんで見る。元気に食べてるのんを見るだけで、こんなに幸せな気持ちになれる。まだオカンと捨て男はテーブルで、モソモソご飯を食べてる。何もしゃべってないんか、目と目を見合わせてんのか、静かなふたり。好きなようにせい、と思いながらも、背中で気配を探ってまう。

そこへ、ガラガラと玄関が開く音。

「おはようさぁん」

サク婆や！　いつもは午後のお茶やのに、今日は朝から来た。勝手知ったるうちの家。ごめんくださいの声もなく、玄関から台所に向こうて歩いてくるサク婆の足音。

いや、どないしょう。いやいや、なんであたしが慌てなアカンねん。ほんでも、なんや、あたふたしてまう。

「おはようさん」

何度目かの挨拶《あいさつ》をしながらサク婆が台所に入ってくる。なんや、月ちゃん、まだジャージ着てんのんかいな、はよ着替えなさいな。おお、ハチ公、ご機嫌さん、とハチをひとなで。陽ちゃん、おはようさん、とお茶の間をくるっと振り向いて、サク婆、一時停止。

ひえぇ、あたしも一緒に一時停止。

「そちらは、どなたさんですの？」

しゃがれたサク婆の声。

ああ、どうなることやら、と思いながら見上げるサク婆の後ろ姿。

ちょうど目の位置に、サク婆の割烹着の後ろの、きっちりと結ばれたリボン結び。そこにもサク婆の几帳面《きちょうめん》な性格が出てるような。後ろやのになんでこんなにうまいこと結べるんやろかと、そんなことをぼんやり思うてた。

テーブルの片方にはオカンと捨て男。向かい合って、あたしとサク婆。テーブルの足元にお座りする行司のハチ。

はい、見合って、見合ってぇ。テーブルの上のコーヒーからは、湯気と一緒にええ香りが立ちのぼってるけど、だあれも口つけへん。サク婆も額にしわいかせて、むっつり目の前のコーヒー茶碗を見てるだけ。しゃべったら負けの我慢大会みたいやん。そんなん参加した覚えもないのに。棄権させてもうてええやろか。

さっき、サク婆の第一声、そちらはどなたさん、という言葉に、オカンと捨て男が跳ねるようにテーブルから立ち上がった。

「こちら、服部研二《はっとりけんじ》さん。もうすぐ結婚しようと思うてる人なんです」

空気が切れそうな凛《りん》とした声でオカンが言うた。本気の声やった。

聞いたサク婆のほうは目に見えてうろが来て、腰が抜けたように椅子《いす》にへたり込んだ。

それがもう、かれこれ十分以上も前のこと。慌てたようにあたしが台所に立ってお湯を沸かし、それが楽しみでやってくるサク婆にコーヒーをいれ、またテーブルについてもまだ、みんな黙ったまま。

ふぅ～とため息をついたあと、サク婆がようやく口を開いた。

「陽ちゃんと、ちょっとふたりでしゃべらせてくれへんか」

そう言うたかと思たら、あたしらの返事も待たず、サク婆はよっこいしょと立ち上がって、スタスタと茶の間を横切り、裏庭に面したちぃちゃい縁側に座り込む。ちょっとためろうたあと、オカンもそれに続いて、ぺたりとサク婆の隣に座り込む。サク婆のきりりと結い上げた髪と、オカンの好き放題な方向を向いてるくるくるの髪の毛。全然ちゃうふたりの後ろ姿が、外から射す光の中、おんなじ色に縁取られる。

しゃあないな。あたしはあと片づけでもして、朝風呂にでも入るか。のろのろとコーヒー茶碗を手に取ったら、目の前の捨て男と目が合うた。そうや、こいつがまだおった。

「とりあえず帰ってもらえますか」

「なぁ、あれがサク婆さん?」

……人の話を聞いとんのか、この男は。あたしは帰ってもらう話をしてるねん。

「そうやけど」

自己最高の不機嫌低音声でこたえる。

「いやぁ、俺、第一印象最悪かも。俺、第一印象運ないねんなぁ、いっつも」

かもやなくて最悪や。だいたい、あんたの悪運の話なんて、あたしは興味ない。

「でもな、二回目はばっちりやねん。二回戦の研ちゃんって呼ばれるぐらい」

「あのねぇ、言わせてもらうけど、昨日の晩が初めてやとしたら、今朝これが二回目。印象、まだ最悪やけど」

「きっついなぁ。顔はあんまり似てへんのに、性格はよう似てんねんな。さすが母娘やな」

全然こたえてそうにもないニカニカ笑いの捨て男。

「たまにはそんなこともあるねん。でもな、野球も九回あるやろ。そのあとも延長戦っていうのんがあるやんか。俺な、粘りの研ちゃんとも呼ばれてるねん」

ほんまにアホか、この男。それに、あたしはネバい男は好かん。

「まぁ、せいぜい、コールドゲームにならんようにね」

言い捨てて台所を出る。

「お、もしかして野球詳しい？　うれしいなぁ。今度一緒に甲子園行こ」

捨て男の声が追ってくる。オカン、この能天気な男と結婚なんて冗談やんな？　納得いかん気持ちを足にドスドス込める。古い廊下がミシミシきしむ。ハチが足元にまとわりつくようについてきた。チャカチャカチャカチャカ。


ふぅ～と浴槽に身を沈める。いつも朝風呂に入る。今日はいろいろあったから、いつもよりちょっと遅い。朝昼兼用風呂？　そんな言葉あるんかなぁ。

築三十年の家と同じように古いお風呂。ほんでも家事能力ゼロのオカンが唯一まめにする風呂掃除のおかげで、古くても、よく磨かれた清潔な空間。いまふうの足が伸ばせるような浴槽やなく、間口が狭く深い浴槽。ここに足を曲げてすっぽり収まると、安心感が胸に広がる。

洗い場では、尻尾をきれいに丸く巻いてお座りしたハチ。不思議な子や。自分がお風呂に入れられるのは大嫌いやのに、あたしのお風呂には必ずついてくる。あたしが湯船につかったり洗い場で身体を洗ったりするのを、お座りしたまま神妙な顔で見てる。決して広いお風呂やないから泡や水がかかってしまうのに、それでも、置きもんのようにチンと座って見てる。

オカンとサク婆はまだしゃべってるんやろか。捨て男はもう帰ったやろか。

あたしかて、オカンには幸せになってほしい。べつに死んだ父に操を立ててなんてこと、思うてない。さっき朝ご飯のときに泣きそうになったんは、オカンが結婚することやなく、相手が捨て男やということでもなく（いや、ちょっとあるかも）、オカンが捨て男のこと、五年ものあいだ、あたしにひと言も言うてくれへんかったから。

オカンの両親、つまりあたしのおじいちゃんとおばあちゃんは、オカンが十七のときに死んでしもた。居眠り運転のダンプに突っ込まれて。あまりにあっけなさすぎて、遺体の確認も、あっという間に整うたお葬式も、何もかもが作りもんのような気がしたというオカン。何かの拍子に自分はどっか間違えた世界に入り込んでしもうただけで、ほんまの世界では、ただいまぁ、といつものように帰ってきたふたりとオカンが、なんの変わりもなく生活してるんとちゃうやろかって。

ほんまの世界にしろ、嘘の世界にしろ、ひとりっきりになってしもたオカン。あんたのお父さんと出会ってな、これからはひとりやない、お父さんとふたりで生きていくんやって思うたのに、あっという間にまた、ひとり。もう、どんだけついてないんかと思うたわ。でもな、うまいことできてるなぁ、人生って。神さんがあんたを授けてくれてはった。

もう何回聞いたかわかれへんオカンの言葉。

ふたりっきりの家族のあたしとオカンは、一ミリの隙《すき》もないほど仲が良かった。お父さんというもんがいてなくて淋しいと思う気持ちの入る隙もないほどに。

シングルマザーなんて言葉もない時代に自分ひとりであたしを産もうっていうのは、どんな大きな決心やったんやろう。ちょうどそのころのオカンと同じ年ごろになったあたしは思うてみるけど、思いの深さのふちは見えても、その底には手が届かん。つらいこともたくさんあったはずやろうに、オカンは笑うてたな、いつも、いつでも。

細く開けた風呂場の窓から湯気が逃げてくのが見える。両手で耳をかっぽり包んで、ぶくぶくと湯船に沈んで目を閉じる。耳の奥でしゅうと、かすかに流れる水の音がする。オカンのお腹の中は、こんなふうやったんかもしれん。

いつもやったらバスタオル一丁で風呂から上がるけど、もしやまだ捨て男がおるかもしれん。湯気が立つ身体でTシャツに腕を通す。湯気なんか汗なんか、湿り気がうっすらTシャツににじむ。湯気でくもった洗面台の鏡をきゅっきゅっと手で丸くふく。風呂上がりのこの鏡に映る自分の顔がいちばん好き。やわらかい顔してるから。

真っ黒のまっすぐな髪。目尻《めじり》がちょっと切れ上がったひと重の目。うすい唇。普段はオカンに似てるってめったに言われへんあたしの顔も、ちょっとほどけて見える。

今日は天気ええけど、やっぱり、ちょっと寒いんかな。素足のまま廊下に出たら、お風呂でぬくぬくになった足から、どんどん熱が逃げてく。おお、早う部屋に戻って靴下はかなと階段を上がりかけ、やっぱり気になって暖簾を持ち上げ、玄関をのぞく。

捨て男の白ワニもサク婆のつっかけも消えてた。

ふうん、みんな帰ったんや。

しんと静まり返ってる家の中。オカンもどっか出かけたんやろか？

台所の入口から中をのぞく。縁側に、さっきと同じ姿勢で座ってるオカンの後ろ姿。

なんや、おったんや、と掛けようとした声が喉《のど》で止まる。オカンの背中が小刻みに震えてるように見えたから。どしたん？　泣いてんのん？　そう呼びかける言葉を飲み込んだまま、一瞬立ち尽くすあたしの脇をすり抜けて、ハチがオカンにトコトコと近寄ってった。

その気配に振り向いたオカンの顔は、逆光の中でよう見えへん。けど、お風呂上がったんかいな、とハチのおでこをなでながら話すオカンの声は、いつもとおんなじ。なんや、気のせいか。そう思うたとたん、足の冷たさがぶり返す。おお、さむ。足が冷えきってまう前に、とりあえず靴下はかな。トントンと階段をのぼって自分の部屋へと向こうたあたし。

あのとき、オカンはやっぱり泣いてたんとちゃうやろか。いまとなってはわからへんけど。

そのままオカンに寄り添うようにお座りしてたハチだけが知ってる、あの日の午後のオカン。

第二章　ウニ女

センセイのひげはあたしを抱くとき、いつも少し伸びてる。あたしがそう頼むから。あたしに会う日はひげをそらんといて、と。ざらざらしたあごが、あたしの唇や、肩や、わきの下やへその上にかすかに残す赤い跡。すぐに消えてなくなるそのヒリヒリした感触が好き。

セックスは切ない。深くつながればつながるほど、自分と相手はこの世で別々に生きる別々の人間やというのがわかる。揺れる海藻みたいに指と指を絡めて、胸をきつく合わせてセンセイをそこに感じる。一瞬、自分の身体の一部かと思うぐらい。あたしの中心に近く深くなるセンセイの身体。でも、決して一緒になることはない。人間はやっぱりどんなときもひとり。

えらいお嬢ちゃん、今日はおとなしなぁ。ベッドに腹這《はらば》いになってセンセイが笑う。あたしがお嬢ちゃんって呼ばれるんが好きやって知ってるセンセイ。センセイはあたしの好きなことを見つける才能がある。

あたしはいっつもおとなしいですけど、とセンセイの背中にあごを乗せる。ヒンヤリした背中。不思議な感触。身体を合わせているときですらヒンヤリしているその背中。いつも穏やかなセンセイ。こういうことになってもう二年近くなるけど、センセイを取り巻く温度は変わることがない。いつも常温。それは安らかなことなんか、淋しいことなんか。

来たときにはしわひとつなかった真っ白なシーツを波立たせるように、胸に抱え込む。ぐるぐると寝返りを打つ。両足がシーツにとらわれる。

「人魚みたいやな、そうしてたら」

ごろごろ転がるあたしから逃げるように起き上がったセンセイが言う。

ほら、やっぱりセンセイはあたしの好きなもんを見つけるんが上手。ちいちゃいとき、シンデレラより白雪姫より憧れた、長い長い碧《みどり》の髪を持った人魚姫。人魚姫の恋は悲しく終わる。センセイともいつか終わるんかな。そのとき、泡になって消えんのはなんなんやろう。

シーツに包まれた足をバタバタ跳ねさせる。水を打つみたいに。

センセイとオカンは一緒に働いてる。いや、正確に言うと、センセイに雇うてもうてる。二十年以上も前、看護師としてオカンが働き出した病院にセンセイもいてた。

「陽子ちゃんはいっつも、さばさば、きびきびしててなぁ。白衣の天使いうより、白衣の戦士やったわ」

とセンセイから聞いたことがある。オカンらしい。

センセイが三年前に自分のクリニックを始めたときに誘われて、それまでいた病院を辞めてそこで勤め始めたオカン。あのふたりはできてたんか、と、前おった病院ではえらい噂になったらしいけど、そんなことあるわけない、と笑うセンセイ。

ほんまかな？　センセイはオカンをずっと好きやったんとちゃうんかな。叶《かな》わんまま今日まで来て、オカンを思う気持ちがあたしの中のオカンを求めて、あたしと始めてしもたんとちゃうんかな。

今日もときどき、あたしを通して違う誰かを見ようとしてるような、テーブル越しのセンセイの目。何を見てんのん？　センセイの目に映るあたしを反対にのぞき込む。

木目《もくめ》のテーブルの上には薄々と、花びらを思わせるような鯛《たい》の薄造り。添えられた酢橘《すだち》を絞りかけ、お醤油《しょうゆ》をちょんもりと付けて口に運ぶ。あわあわと繊細な花びらのような見かけとは違う、ふちに歯ごたえを感じる鯛のしなやかな身。ああ、美味しい。

「今日もええ顔して食べてるな」

きりりと冷えた冷酒をあたしの猪口《ちょこ》にそそぎながら、センセイが笑う。飲んでるのはあたしだけ。車のセンセイの猪口には氷水。気分だけでも月ちゃんにつきあうわって言うて。

お酒を頼んだら、女将《おかみ》が持ってきてくれる塗りのお盆にずらりと並んだ猪口の中から自分の好きなんを選ぶ。いつもセンセイの選ぶんは、ぽってりと、気泡も閉じ込められてるような厚手の猪口。あたしは、当てた唇が切れそうな薄いガラスの猪口。僕が持ったら壊れそうでこわい、とセンセイが言うような。壊れそうなきれいなもんが愛おしい。

「うちのお母さん、結婚するらしい」

できるだけ普通に言うたつもりやけど、空気がちょっと固くなったんがわかる。

「え?」と聞き返した形のままのセンセイの口。止まった口元にセンセイの気持ちが揺れてるのんが見えるみたい。滅多に見ることのないセンセイの温度のたゆたい。

「やっぱりショック?」

追いかけて棘《とげ》を伸ばしてみる。

「え、なんで僕? ショックは月ちゃんのほうやろ」

あ、つまらん。もういつもの温度に戻ってしもうた。センセイの口の横にくっきり浮かんだ笑いじわを見ながら自分に訊く。ショックヤッタン? ショックという言葉の、どっかにぶつかって跳ね返されたような響きと、今朝、並んで座るオカンと捨て男を前に感じた気持ちとは、何かちゃうような気がする。

「ショックっていうのんとは、ちょっとちゃうかも。なんか、悔しいような妙な気分」

手元の猪口のふちを指でなぞる。

「そら、びっくりしたけどさ」

頭をちょっと振る。ショックとびっくりってどうちゃうねんやろうと、自分でも思うけど。

「月ちゃんは、ほんまにお母さんのこと好きなんやな」

あたしに向けるセンセイのまろい目。

「センセイも、うちのお母さんのこと好きなくせに」

センセイのやわらかい空気を今日はなんでかつっつきたくて、また棘が伸びる。こんなん人魚どころかウニ女や。

「もちろん、好きやで。月ちゃんのお母さんやからね」

ウニ女の棘をすんなりかわすセンセイ。これが年の功というもんか。憎らしい。憎らしくて恋しい。

「反対ちゃう？　あたしがお母さんの娘やからつきおうてるんとちゃうのん？」

いままで何回も訊きたくて訊かれへんかったことが、今日はいきなり口からこぼれた。

「ほんまはセンセイが好きなんはお母さんで、あたしはその代わりなんとちゃうのん?」

はじかれたような目のまま黙るセンセイ。どんなときもゆるく流れてるセンセイの空気が、一瞬止まったみたい。

あたしとセンセイのまわりだけ変に静か。何かが壊れたあとの静けさか、何かが壊れる前の静けさか。

「わかってくれてるんやと思うてたけど」

ついと、テーブル越しに伸ばしてきたセンセイの手が、頬《ほお》に触れる。そこからまた時間が動き始める。ウニ女の棘がゆるむ。ゆるんで揺れてる棘を持て余しながら思う。センセイがわかってくれてると思うてたことって、なんやろう。あたしがほんまにわかってることって、なんやろう。

話が変なほうに行ってしもたから、肝心のことが訊けてないまま車に乗り込む。

やわらかいけどひんやりした革のシートは、センセイの感触に似てる。

後ろに流れてく夜の繁華街のネオン。少し前を走っていたトレーラーがゆらりと車線を変えた。深海魚が身をくねらせるみたいに。ずっとずっと光の帯が続くように見える環状線。ほんでも、ずっと走り続ける車はない。それぞれの道を走って、ほんでいつかはみんな止まるときがくる。

「うちのお母さん、最近、どんな様子やった？」

そう、ほんまはこれを訊こうと思うてたのに。

カーステレオのスイッチにともるグリーンの光だけの薄暗い車内。そってないひげがセンセイの輪郭を濃くしてる。

「ううん、とくに変わったとこなかったけどなぁ。いつもの陽子ちゃん」

少し首をひねって言うセンセイ。

「なんや、ウキウキしてたとか？」

なんか、これという返事が欲しくて、畳みかけるあたし。

「陽子ちゃん、いっつも、ばか明るいからなぁ」

……確かに。

「ほんだら、最近ちょっときれいになったかなぁとか？」

「陽子ちゃん、もともと別嬪さんの部類やし」

なんや、暖簾に腕押しみたいな会話。イライラするなぁ、もう。

「それより、相手はどこのどいつやのん」

どこのどいつ……やっぱりセンセイ、気になってるんやん。

「全然わからんねん。なんか安ういチンピラみたいな格好して。昨日が会うたん初めてやし、捨て男と」

今度はあたしが暖簾になる。

「ステオ？　なんじゃそりゃ」

「捨てられてたん拾うてきたって、お母さんが言うてんもん」

あごをちょっと反らせて、センセイが短く笑う。きれいな喉の線。

ほんまの名前はなんやったっけ。二回戦の研ちゃんとかなんとかって言うてたなぁ。

ええと……。

あ、そうや！

記憶の焦点が合うたんに声が弾む。

「服部研二」

「ハットリケンジ……服部さんなぁ。なんか聞いたことあるなぁ」

今度はハンドルを握ったセンセイが、合いそうで合えへん焦点を探してるみたい。

あたしも目の前のフロントガラスの向こうに、意味もなく目を凝らしてみる。前の車のテールランプ。ぶつからんようにともしてるはずやのに、見てると吸い込まれそうになってく赤い光。

急に、ばしっと音がしてフロントガラスに水滴が飛ぶ。え、雨？　思う間もなく、大粒の水滴がどんどんフロントガラスに飛んでくる。水の銃弾浴びてるみたい。前からバチバチ打ちつけてくる。当たってはにじみ、当たってはにじみ、その合間の一瞬の視界のために、せわしなく左右に動くワイパー。メトロノームみたいに。雨のリズムを測るみたいに。

「ごっつい雨になってきたなぁ。今日は家の前まで送っていくわ」

センセイの手がふと伸びてきて、あたしの手を探す。手のひらをすくい上げるように受け止めて、指を絡める。冷たかった指先があつい熱を持ち始める。

いつもは家のすぐそば、高速道路の高架下のトンネルの手前でセンセイの車を降りる。トンネルをくぐりきったとこから振り向いたら、それを見届けたセンセイの車が夜の中に消えていく。あちら側にセンセイとおった女の顔のあたしも一緒に消えていって、あたしは現実の空気の中に戻っていく。娘の顔で。

オカンは、センセイとあたしがつきおうてることは知ってる。べつに反対もされてへん……っていうか、むしろそれを喜んでるふう。

そやけど、いまだにセンセイがうちに来たことはない。こんなふうに会うた帰りに、じゃあちょっと上がってお茶でも、と誘うたこともない。オカンはいつでも連れておいでぇなって言うねんけど。見たないねん、センセイとオカンが一緒にいるとこを。センセイのほんまに好きなんはオカンっていう自分の中の想像が、目の前でほんまの形になるんがこわい。

家の近くに来るまでに、雨、ちょっとはましになればええのに。ほんだらいつもの高架の手前で、やっぱりここでええよって、車降りられんねんけど。

あたしの気持ちをよそに、ますます強まる雨脚。いつもよりスピードを落としたセンセイの運転やのに、あっと言う間に家のすぐそばまで来てしもた。

いつもは歩いて通るトンネルを車で通る。ああ、こちら側に来てしまいはった。これで、センセイとのきれいな夢の中のような時間も違う色になってしまうんやろか。その感触を確かめるように、さっきからつないでいた指先にキュッと力を込める。

オレンジがかった玄関灯の下にぶら下がってる表札。濃い茶色の焼き板の上に、うちの名字とその下に、『ようこ』『つきこ』と白木の板をくり抜いて作った平仮名が並んでいる。『つきこ』の下には太字のマジックで付け足されたハチの名前。小学校のときにオカンと一緒に行った子供会のキャンプで作った表札。下手くそやし、色があせて不細工やのに、いまだにそこにある。風でちょっと揺れてるそれを、センセイが見てる。

家の前で車が停まったとき、ほな、ありがとうって言うかわりに、まだ早いし、上がってお茶でも、と言うた自分の声にびっくりした。そう言ったあたしの頭に浮かんでたんは、肩を並べて笑ってる今朝のオカンと捨て男の姿。母親やなくて女の顔で笑うてたオカン。センセイはそう言われるんがわかってたみたいに、ほんならちょっとだけ、といつものゆるい動作で車のエンジンを止めた。

「これ、月ちゃんが作ったん?」

表札をつつきながらセンセイが訊く。そう、とうなずいたら、「かいらしなぁ」とあたしを見る目元がゆるむ。一生懸命作ってる月ちゃんの顔が浮かぶようやって言うて。

この人とおると、ほんまに自分が可愛いもんのような気持ちになってしまう。

あんまりにも簡単にゆるむ自分の気持ちを持て余して、ちょっと乱暴に引き戸を開ける。

ただいまぁ。

いつものように、上がりかまちできちんとお座りしてあたしをお迎えするハチ。

ぶんぶんお尻尾振って。

おぉ、よしよし。ハチの頭に手を差し伸べながら入った玄関で足が凍る。

たたきにどってり横たわる白ワニ。

しかも、「おう、お帰りっ」と台所から顔を出したんは、その飼い主の捨て男。

なんで。

「なんで、またここにいてんのん」

どうも捨て男にだと、頭の中の言葉がそのまま口から出る。

「なんでって、僕、今日からこの家にお世話になることになっててん」

ヘラヘラと笑いながら玄関に出てくる。またもや真っ赤なシャツ。テカテカのリーゼント。

「はあぁ？」

なんですと？　それは、まさかここに住むってことやないやろね？　いきなり現われて結婚っていうだけでも充分びっくりしてんのに。一緒に住む？　いきなり、捨て男とひとつ屋根の下？　あかん、あかん、あっかいな。

拒否《きょひ》り全開、どん引きのあたしにまるで構わず、ニッカリ笑う捨て男。

「よろしくね、月ちゃん」

なれなれしく月ちゃんって呼ぶな。図々しくて無神経。ほんま、すかんたこ。

こんな奴と一緒の家に住むなんて絶対いやや、とオカンに言うたらなあかん。

ちょっと、そこどいて、と目の前の捨て男を突き飛ばすように玄関に上がろうとしたら、

「あ、こちらは月ちゃんのお客さん？」

捨て男の視線があたしの後ろに動く。

そうや、センセイも一緒やったんや。捨て男に気ぃとられて、一瞬その存在が飛んでしもてた。

振り向くと、珍しく固まってしもてるセンセイ。見張った目が捨て男をまっすぐ見てる。そら、この格好の捨て男に引けへん人はおらんよな。

「あ、村上《むらかみ》です」

と、ちょっと頭を下げながらも、センセイの視線は捨て男に張りついたまま。

「あ〜、もしかして陽子さんの勤めてるクリニックの先生ですか？　でもって、月ちゃんの彼氏さん？　いやぁ、うれしいなぁ、お会いできて。いっつも陽子さんからお話は聞いてます。初めまして、僕、服部です」

とセンセイの挨拶を遮るように、ハイテンションで身を乗り出す捨て男。ちょっと、ちょっと、センセイにあんまり近づかんといてよね。アホがうつるやないの。そのテンションの高さに、ちょっとたじろいてしもたんやろか、今日は遠慮しといたほうがええかな、と帰る気配を見せたセンセイに、

「いやいや、そんな、せっかくやのに遠慮せんといてください」

とこたえたのは、あたしやのうて捨て男。

あんたが言うなよ。まるで自分の家みたいにっ。

気にいらん光線をバシバシに飛ばしてるあたしなんて全然目に入ってへんように、捨て男がいそいそとお客さん用のスリッパを並べる。負けずにあたしも脇に下がって、どうぞ、どうぞ、と手で示す。

なんや旅館の息の合うた番頭と仲居のような捨て男とあたし。

やな感じ。とってもやな感じ。

一瞬の思案のあと、

「ほんだら、ちょっとだけ」

と玄関に上がったセンセイに、あたしも続く。

先生の背中。シャツの右の肩先が濡《ぬ》れてる。車から玄関までほんの数歩の距離やったけど、左側のあたしをかばって傘を傾けてくれてたセンセイ。雨と一緒にセンセイの優しさが、そこににじんでる。

ちょっと散らかってるけど、どうぞ、と先に立って暖簾をくぐる。後ろから、大丈夫やで、僕が片づけといたし、と追ってくる捨て男の声。ほんまにひと言多いねん。

茶の間に入ったけどオカンの姿がない。あれ、お母さんは？　いてないの？

そら電話も入れんと突然センセイ連れて戻ってきたけど、おるもんやと思うてたのに。

ちょっと責めるような口調のあたしに、

「酒屋さんにシャンパン買いに行ってる」

と顔を崩す捨て男。

シャンパン？　こんな雨の中？　何ゆえにシャンパン？

「陽子さんが、今日から一緒に住み始めるお祝いしょうって言うて」

笑み崩れる捨て男。口の脇の笑いじわが深くなる。

……つまらん。あたしにとっちゃ、これっぽっちもおめでたくないねんけど。

ふと見ると、テーブルの上に並んだ酒の肴《さかな》たち。しかも、かなり美味しそうな。

つやつやに光る蕗《ふき》の煮たん、芹《せり》のお浸し、天ぷらはタラの芽かな？　ぷりぷりのホタルイカの酢味噌和《あ》え。この、おぼろ昆布と和えてある白身のお魚はなんやろ？

「それは、鯛の昆布締めや」

あたしの視線を読んだ捨て男が言う。

へぇ～、締め鯛って食べたことないわ。テーブルの上はひと足先に春爛漫《らんまん》。なんて美味しそう。

……美味しそうなんはええけどさ、この料理どっから来たん？　うちのオカンは自慢やないが家事能力ゼロ。その中でも料理は最悪。あたしはサク婆のご飯で育ったようなもんやもん。うちのお袋の味はサク婆の手料理。というて、このへんには、こんな洒落《しゃれ》たお惣菜《そうざい》なんて売ってへんもんな。

もしかして……口に出すのがこわいけど、

「これ、もしかして捨て男が作ったん？」

「うん、まあな」

く、悔しい。あたしの中で捨て男の点数がちょっと上がってしもた。オカンが料理をせんぶん、美味しい料理を食べさせてくれる人間というのに弱いあたし。

「捨て男、もしかして、まさか、板前さん？」

「捨て男って呼ばんといてえなあ。研二さん、いや、月ちゃんやから研ちゃんでええよ」

あたしも研ちゃんって呼ばへんねんから、あたしのことも月ちゃんって呼ばんといてほしい、という気持ちを込めて再度訊く。

「捨て男さんは、板前さんなんですか？」

どないしても月ちゃん、俺のこと捨て男って呼びたいねんな、まぁ、ええわ、と笑いながら、

「板さんやってたんはずうっと前。おとといまでは家政夫やってた」

「か、家政夫ぅ？」

なんで家政夫なん？

「うん、住み込みで」

悪びれたふうもなく笑う捨て男。

「まぁ、立ち話もなんやし、座ってしゃべろうな。さぁさぁ、月ちゃんも村上先生も座って、座って」

なんやすっかり捨て男のペースで、あたしらはテーブルにつく。陽子さん、もうすぐ帰ってくると思うから、食前酒でも飲んで待っとこか、と捨て男がすっかり勝手知ったる様子で、冷蔵庫から何かを出してくる。

「かぼす酒。さっぱりしてて、なかなかいけるで」

テーブルに置かれた水差しの中のほのかに淡い薄緑色。

「いや、僕は車なんで」

とセンセイが手を振る。

「あたしも、今日はもうだいぶ飲んだんで」

とあたしもそれに続く。

ええ？　ふたりとも飲まへんのん？　と残念そうな捨て男の前で、水差しのつるんとしたガラスの表面に、まるで汗かくみたいに、見る間にふるふると水滴がわいてきた。

アルコールがあかんかったら、と、これまた手際よく捨て男が運んできたお茶。

お番茶の中に塩昆布と砕いた梅干しが入ってる。

ひと口飲んで思わず、美味しい、と口から出たあたしに、飲んだあとはこれがいちばんや、と捨て男。

ふむ、性格は絶対合いそうにもないけど、味覚は合うんかも。

「ほんで、ほんまに家政夫してたん？」

じつはさっきの話の続きが気になってたあたし。

「うん、ほんま」

僕も陽子さんが帰ってくるまではお茶にしとこ、と番茶をすする捨て男。両手で包んだお湯飲みに目を落としながら。バシバシの睫毛が作る影。

「ふうん。ホストでもしてんのかと思うた」

「え、俺、そんな格好ええかな」

思いっきり嫌味の先制パンチのつもりやったのに、全然効いてへんみたい。

「ちゃうよ、その格好。どう見ても使いっ走りのチンピラかホストにしか見えへんもん」

へっへぇ～、言うたった。

「ああ、これ。これは俺の趣味とちゃうよ。家政夫してた先のおばあはんの趣味。おばあはん、ジェームズ・ディーンの大ファンやってん。ジェームズ・ディーン言うたら、赤いシャツにリーゼントやろ？」

住込みの家政夫してて、その雇い主はおばあさんで、そのおばあさんの趣味で赤シャツにリーゼントやったん？

それって、

「それって、ほんまはツバメとちゃうのん」

「おいおい、月ちゃん」

それまで横で黙って聞いてたセンセイが、たしなめるような声を出す。

「いや、ええんです、先生。そう訊かはる人多かったし」

両手の中の番茶をひと口すすって、ふうと息をつく捨て男。

「おばあはん、先週亡くなったんですけどね。死んだら急に集まってきたおばあはんの孫やら親戚《しんせき》やらに財産目当てのツバメやと思われたみたいで、ほんで追い出されたんですわ。おばあはんに住み込みの家政婦がいてるとは知ってたみたいやけど、まさか男やとは誰も思うてなかったみたいでね。おまけにこんな格好してるし。まぁ、でも、おばあはんが好きやった格好やし。初七日《しょなのか》までは、この格好しとこうかと思てね。俺、ほかに供養らしい供養もできへんし」

茶の間の電気の下、テラテラ波打つシャツの赤い色。

「俺ね、悔しかったんですわ、ほんま。いや、ツバメに間違われたことやなくてね。おばあはんがどんなふうに暮らしてたんか、知らんかったんやないかって思てね。生きてるあいだはみんな知らんふりで、死んでしもてからワラワラ寄ってきたって、もう、話もできへんのにね」

話の継ぎ目になると、外の雨音が急に近くに聞こえる。テーブルの下では、あごまで床にぺったりつけて腹這いになってるハチがときどき鳴らす尻尾の音。ぱたぱたぱた。相づちみたいに。

「つらい話やな」センセイがぽっそり言う。

「……つらかったですわ。いろんなことが。なんでまた死に目に会わんならんのかとも思てね」

死に目。いやな言葉。間違って氷を飲み込んでしもたときみたいに、すうっと身体の中を冷たいもんが下りていく。

「ほかにも近しい人が亡くなりはったん?」

訊いたらアカンことかもしれんと思いながら、また、という言葉の影に引きずられて、訊いてしまう。

「うん。うちのおじいはんがな。もう五年ほど前やけど」

ちょっとの間。

「俺が死なせたようなもんや」

ちいちゃい息をつくように捨て男が言う。お湯飲みを持ってた手にぎゅうっと力が入ってた。

また強なった外の雨の音。ザアザアザアザア。

ハチが急にテーブルの下から飛び出てきて、跳ねるように玄関に向かう。

あ、オカンが帰ってきたんかな。

犬にしては、ちょっとどんくさいとこのあるハチ。散歩中に猫にふぅぅっとされて、きゅうんと尻尾を巻く、あかんたれな犬。ほかの家にもらわれていった桃や柿なんかは、小さいながらもきりっとしてたけど、ハチはなんやぼさあっとしてたもんなぁ。いたずらを見つかっても、あたしがコラァと叫ぶ前に逃げてまう桃と柿に取り残されて、ハチだけがいっつも怒られてた。

唯一、犬らしいきりっとしたとこいうたら、こうやってどんなときも、帰ってくるあたしとオカンを玄関できっちりお座りで待っててくれるとこ。かわいい、かわいい、うちのハチ。

ひゃああ、ほんま、えらい雨やったわぁ、とにぎやかな声を出しながらオカンが帰宅。足元に尻尾ぶんぶん振ってまとわりつくハチ。

「なんやの、みんなでお通夜みたいな顔して」

お茶の間に入ってきたオカンの第一声。能天気なんか鋭いんか、わからんわ、ほんま。

おおお、すごいごちそう。これ研ちゃんが作ったん？　ほんま、ええ婿さん見つけたわ、あたし、とお茶の間にコロコロ響くオカンの声。もう冷えてんのん買《こ》うてきたから、さあさあ、みんなで乾杯しましょ、とグラスを出してくる。

センセイが、僕は車やから、と断わってんのに、お祝いやないの、堅いこと言わんと、ほらっ、とグラスを無理やり持たせる。

一同席についたとこで、オカン、コホンと咳払《せきばら》い。

「では、あたしと研ちゃんの前途を祝して、かんぱ〜い！」

グラスを高々と上げる。

乾杯なんかしたないけど、しぶしぶグラスを上げるあたし。

それにしても、へんなの。普通、ほかの人が前途を祝してあげなあかんのんとちゃうのん？　自分で祝してやるし。まぁ、いつものオカンのペースか。

「ほんで、みんなで辛気臭い顔して、なんの話をしとったん？」

「僕が若いツバメをしてたときの話とかね」

と捨て男。

「はっはぁ～。研ちゃん、そんなふうに見えるもんなぁ。男前やし」

オカンますます上機嫌。

「ふたり並んでたらよう似合うてるよ。美男美女で。それも濃い顔の」

とセンセイが混ぜ返す。

その横顔をちら見したけど、全然いつもといっしょ。いつものセンセイの温度。いつものセンセイのゆるい空気。

「そう言うふたりもお似合いやよ」

あたしとセンセイを見比べてオカンが言う。

げ、こっちに振られたら恥ずかしい。お尻《しり》がムズムズするような。

「先生もクリニックにおるときとなんか雰囲気ちゃうし。無精ひげなんか生やして、色っぽいやないの」

わちゃあ、すごいとこを突いてくるオカン。

「僕かて、デートのときぐらい色気出しますよ」

センセイ、サラッとかわしてくれたけど、あたしは顔がほてってきたかも。

それに気づいてるんか気づいてないんか、ウフフと笑うオカン。

「うれしいわぁ。先生がうちに来てくれはったやなんて」

キラキラ光るオカンの目。

「母親としては、なんかね、心配やったの。月ちゃんの彼氏やのに家に挨拶にも来《け》えへんやなんて。ちゃんとつきおうてるんやろかって」

「ちゃんとつきおうてますよ」

なぁ、月ちゃん、とセンセイがあたしに目を流す。恥ずかしさがまだ取れへんまま、あわくうなずくあたし。そうか、あたしとセンセイはちゃんとつきおうてたんか。

前にはなんや言いたそうな顔でニヤニヤしてる捨て男。

では、研ちゃんの手料理をいただくとしますか、とオカンがお箸《はし》を取る。みずみずしい緑色の芹のお浸しをぱくりと口に入れたかと思うと、ほっぺたに手を当ててとろけるような仕草。

「美味しいわぁ。研ちゃん」

「愛情こもってますからね」

と、オカンのその姿を見て、さらにとろけるように笑み崩れる捨て男。

ひゃあ、やってられんわ、このふたり。

ううん、でも確かに美味しそう。あたしも、芹のお浸しに箸を伸ばす。

お、美味しい！　芹のシャキシャキ感はそのままに、なのに舌になじむような、やわらかい味。口の中に広がる春の青い味に思わず笑顔になってまう。

「カエルの子はカエルなんか、カエルの母もカエルなんか、母娘そろって、美味しいもん食べるときは、ほんま、ええ顔するなぁ」

と、センセイが感心した声で言う。

「そんなん、当たり前やん、章《しょう》ちゃん。美味しいもん食べたら美味しい顔になって」

あ、オカン、センセイのこと名前で呼んだ。なんか、ちいちゃいちいちゃい小骨が喉に刺さったような気分。むせるほどやないけど、飲み込んだらヒリヒリと痛むよな。

そんな、あたしのしょうもない引っかかりなど気づかんオカンは、上機嫌キープで、ええピッチでグラスを空け、ぱくぱくと音がしそうな勢いで料理を口に運ぶ。

「俺もね、陽子さんのこの食べっぷりに、まず、いかれてしもたんですわ」

と、自分は箸も取らんと、もっぱらオカンが食べるのを眺めながら捨て男が言う。

「俺、もともと板さんやってたでしょう。食べるときにこんな幸せそうな顔してもうたら、板さん冥利《みょうり》につきるなって思うてね」

「それ、わかるわ」

と、センセイが合いの手を入れる。

「まぁ、僕の場合は、僕が作るわけやないけどね。月ちゃんが美味しそうに食べてるとこ見たら、自分が幸せにしたげたみたいでうれしなるねん」

なんか、不思議な感じがした。誰かにあたしのことを話すセンセイというのを見たことなかったから。見知らぬ人が見知らぬあたしのことを話してるみたい。

でもうれしい。そんなふうに思うてくれてたんやと思うと。あたしはセンセイのどこを見てたんやろ。

車やしとか、明日は仕事やしとか、飲みすぎやしとかいういろんな言い訳を、オカンがそのたんびになぎ倒しなぎ倒し、シャンパンの次は捨て男特製かぼす酒も飲み干し、その次はワインやと、日曜の晩やのに大宴会の雰囲気になってきた。

そのうち捨て男が、かくし芸やと言うてかぼす五つを見事にジャグリングしだし、センセイも、掛布《かけふ》やら岡田《おかだ》やら真弓《まゆみ》やら、あたしが見てもようわからん野球選手の物真似《ものまね》をしだし（ちなみに二年のあいだでセンセイがあんなに酔うたん見たんは初めて）、オカンはそれを見てひたすら笑い、部屋に満ち満ちたハイな空気はハチにも感染したんか、みんなのあいだをくるくる走り回り、ときおりワンッと短く吠《ほ》えた。僕も仲間に入れてえな、とでも言うように。

窓の外では相変わらず雨がだだ降りで、あたしらのおるとこが雨のケープにスッポリ包まれてしもたみたい。なんか、この世にあたしらだけが取り残されたような幸せな隔絶感。

あの夜のことを思い出すたび、乾杯のシャンパンを思い出す。はじけては、ゆっくりのぼって消えてく泡。みんな、よう笑うて、あわあわとしたひととき。きれいやけどいつかは消えていくとき。思えば、あたしらがいちばん幸せやったのは、あの晩やったんかもしれん。

第三章　お好み

翌朝。雨戸を開けると、またしても嘘のような快晴。

あたしは大分寝過ごしたらしい。はたと枕元の目覚まし時計を見たらもう十時。やばいっ、と跳ね起きたけど、そこにハチの姿はない。あれ？　九時を過ぎたりしたら、ハチの、ねえちゃん起きてえ起きてえ攻撃におうてしもて、オチオチ寝てられへんはずやねんけどな。ぼんやりした頭を振る。そこに残ったアルコールを振りきるように。

部屋の入口から顔を出してハチを呼ぶ。気配がない。廊下に自分の声だけが頼りなくぽかりと浮かぶ。ハチー、ハッちゃんやー、と焦った気持ちを声に出しながら、階段をばたばたと下りる。どこにおるんやろ。台所かな。

台所に入って、その片づきように目を見張る。昨日の晩の気配すらないように、すっきりと片づいたテーブル。ぴかぴかの流し台。いつもの台所というより調理場のよう。元板さんと言うてた捨て男の気配をそこに感じる。たった一日やのに、あたしとオカンのふたり暮しに違う人間が入ってきたというのが見える。昨日の晩に捨て男の顔を見たときほどの嫌悪感はないけど、すんなりはなじまれへん違和感。

ハチは裏庭におった。捨て男と一緒に。捨て男に首を羽交い締めにされて、頭をわしゃわしゃなでられて、お尻尾ぶんぶん振ってる。真っ黒な毛が光で茶色く透けてみえる。スルッと捨て男をかわして、まだ昨日の雨が残ってる地面を飛び回るハチ。泥の跳ねが捨て男に飛ぶ。ドロドロになったやんけー、と笑いながら、またハチをつかまえようとする捨て男。茶の間越しに見える光に包まれた光景。なんか声がかけづらい。ハチがあたしに全然気づかへんのも気にいらん。ぷいっと台所を出ていこうとしたら、後ろから捨て男の声につかまえられた。

「月ちゃん、おはようさん」

気づかれてしもたか。しぶしぶ振り向いて、おはようと言う代わりにちょっと手を上げる。あ、ねえちゃんや！とハチが縁側のほうにトテテテと走ってくる。ピンクのベロをハッハッと見せて笑い顔になってる。うう。この顔には負ける。もう、しゃあないなぁ。近づいて頭をなでる。気持ちよさそうに目を細めるハチ。ぽかぽかと陽だまりにあっためられたオデコ。

「こいつ、けっこう賢いなぁ」

そんなハチから目を離さずに捨て男が言う。

「月ちゃんがなかなか起きへんみたいやと思うたら、散歩ひもくわえて俺んとこに来たわ」

へ～え、オカンにもそんなことしたことないのにな、ハチ。でも、ってことは、

「散歩に行ってくれたん？」

「あ、うん。散歩というより、ついて行っただけみたいなもんやったけどな。どこ行ったらええんやろって思う間もなく、こいつがグイグイ引っ張ってくれたわ」

散歩にしても、ついてったにしても、その格好やったらさぞまわりの目を引いたやろなぁ。

あ、もしかして、サク婆にも会うてもうた？　昨日はヘソ出しTシャツ。今日は赤シャツ。サク婆には刺激が強すぎる。

「サク婆は？　出《で》しなに会えへんかった？」

「ああ、いてはった、いてはった。今日の昼はお好み持ってきてくれるって言うてはったで」

サク婆のお好み焼き。それは天下一品。そこいらの店で食べるよりよっぽど美味しい。オカンとあたしの大好物。でも、オカンが仕事でおらん平日に焼いてきてくれるやなんて、珍しい。あ、もしかして捨て男がおるからか。昨日、捨て男とはほとんど話してないみたいやったし。捨て男がどんな人間か、サク婆、探りに来るんかも。

サク婆は優しくて厳しい。町内の人はみんなサク婆が好き。そのどんぐり目はいっつもまっすぐにものを見、人を見る。

そんなサク婆とオカンが出会うたのは、地下鉄のホームやった。

オカンはあたしには、突然、駅のホームでぎっくり腰を起こしてしもたサク婆をオカンが助けたんが出会いのきっかけや、って言うてたけど、ほんまの話はあたしが中学生のときにサク婆が教えてくれた。いっちょこ前に思春期で、いっちょこ前に反抗期やったあたしが、オカンと大喧嘩《おおげんか》してサク婆のとこに駆け込んで、うちのお母さんはいっつも元気で、能天気で、悩んだことなんてないから、あたしの気持ちなんてわかれへんっ、とこれまたいっちょこ前のセリフを吐いたときに、あほなこと言いなっと一喝したあと、サク婆がしてくれた話。

その日、地下鉄のホームに立つオカンを見たとき、サク婆は、これはイカン、と、とっさに思うたらしい。あとでオカンは、ほんまに電車に飛び込もうなんて思うてなかったって言うたらしいけど、地下鉄のホームに立つオカンの姿は、サク婆の目には間際の人間にうつった。

なんて言うんやろ、身体の輪郭が薄うなってなぁ、ぼおっと目が泳いでしもて、ゆうらゆうら揺れてたんやで、とサク婆は言う。オカンからほんのすぐそばで電車が来るんを待ってたサク婆は、こらまずい、この娘《こ》の気をなんとかそらさなアカン、といきなりイタタタタと大仰《おおぎょう》な声を上げて腰を押さえながら、その場にしゃがみ込んだ。

はじかれたように目の焦点が合うたオカンが駆け寄って、大丈夫ですか、もうすぐ電車が来るから、ここでしゃがんでたら危ないですよ、とサク婆を抱えるようにして駅のベンチまで連れてった。

腰なんて全然痛ないのに、よろよろ歩いて、ほんまに我ながら迫真の演技やったわ、とサク婆は笑う。

びっくりして喉が渇いたと、オカンがホームの売店で買うてきたフルーツ牛乳をふたりで並んで飲む。腰、大丈夫ですか、と言うオカンの問いに、私の腰よりあんたのほうが電車にでも飛び込みそうな顔しとったで、とサク婆。え、そんなんちっとも、と言う言葉とは裏腹に、オカンの顔がクシャクシャとゆがむ。

泣きながら、つっかえながら、ほんでも堰《せき》を切ったように初対面のサク婆にオカンがした身の上話。

それは父の四十九日が済んだころ。父とオカンがそのころ住んでたアパートの大家がオカンを訪ねてきた。せり出したお腹をベルトの上にのせ、脂ぎった顔で何かというとお金の話ばかりするこの大家が、オカンは苦手やった。最初は遠回しに出ていってくれと話を切り出してきた。ここは家族や夫婦向けのアパートなんでね、と。まだ目立たないお腹を押さえながら、いえ、私も来年子供ができるんで、そしたら家族暮しになりますから、とこたえるオカンを、大家はふんと鼻で笑い飛ばした。世間をよう知らんみたいやなぁ、とドラマで言うようなセリフを吐いたかと思うと、今度はそのえくぼができそうなぶよぶよした手でオカンの手をいきなり引き寄せた。ねちこい目でオカンの顔とお腹を見比べながら、よかったらわしの世話になれへんか、ここは家内の目もあるからほかにアパート借りたる。あ、子供は面倒やから、流してしもたらええ、と、オカンの耳に流れ込んできた汚物のような言葉。触らんといて、と言う声と一緒に、思いもかけず強い力でオカンに突き飛ばされた大家が、なんや、人が親切で言うてんのに、と顔を真っ赤にして出ていった。ドアをたたきつけるようにして。もうこのアパートにはおられへん。

二十歳で頼れる身寄りもなく、日に日に大きくなっていくお腹を抱えて、オカンは途方に暮れた。父が残してくれたいくらかの貯金はあっても、仕事も住むところもない。不動産屋をめぐっても、無職、保証人なし、おまけに独り身やのにどうも腹ボテらしい二十歳の娘に部屋を紹介してくれるとこはなかった。

一生の伴侶《はんりょ》と思うた人と一緒になって三月《みつき》足らずで死に別れてしもたこと、アパートを出ていかなあかんこと、不動産屋を何軒も回ったけど、どっこも相手にされんこと。これでもか、これでもかと自分の身に振りかかってくる不幸の重みに押しつぶされそうになってたオカン。

ずっと黙って聞いてたサク婆が、ベンチからいきなりスクッと立って言うた。

「とりあえず、うちにおいで」

言葉にもびっくりしたけど、ぎっくり腰でも起こしたかと思うた人が、飲み終わった牛乳瓶をしっかりした足取りでスタスタと売店に返しに行くのを見て、オカンはなんか笑うてしもたらしい。笑いながら言われるがままにオカンはサク婆についていき、その次の次の日には引っ越した。いま住んでるこの家に。とりあえず、のはずがもう二十五年になる。

オカンが飛込み自殺しようとしたなんて、それに、そんな大事な話を言うてくれへんかったやなんて、とショックを隠しきれへんかったそのときのあたしに、
「それはあんたのためやで、月ちゃん。月ちゃんには自分のつらいとこ見せたないんや。つらい思いもさせたないんや。月ちゃんにはいっつも笑うててほしいんや、陽ちゃんは」

と言うたサク婆の声の深い響きは、いまも覚えてる。

ほんまのサク婆との出会いは教えてくれへんかったオカンやけど、なんかのときに、ふと言うたことがある。
「昔いっぺんだけな、思うたことあったわ。電車に轢《ひ》かれたら痛いかなぁって。痛いけど、いろんな心配せんでもええようになるかなぁって」

それはきっとサク婆との出会いの日のことなんやろう。陽だまりのようなオカンに差した影。でも、その影のおかげで、オカンはサク婆と出会うた。

いまサク婆が住んでんのは、元はうちと同じ敷地内にあった離れ。あたしらが元母屋に住んでサク婆が元離れに住んでることになる。私ら母娘は離れで充分です、と言うオカンの言葉にも、あたしはゆくゆくはお父ちゃんとここで隠居するつもりやったから、とサク婆は譲れへんかったらしい。

その、お父ちゃんと呼ばれるサク婆の旦那《だんな》さんは、オカンとサク婆が出会うほんの一年ほど前に亡くなったとこで、淋しいもん同士が引き合うたんかなぁ、と、これもふたりがよう言うセリフ。

サク婆が最初の子供を身ごもったとき、お父ちゃんはひっくり返って喜んで、すぐに庭に離れを建てだした。子供の家族を母屋に住まわせて、離れはわしらの隠居用やって言うて。まだ生まれもしてへん子供に何を言うてんの、とサク婆は笑うたけど、その言葉が悪かったんか、その赤ちゃんは生まれてくることなく流れてしもた。悲しみに暮れるふたりのところにまた生命を授かったのは、その二年後。予定よりも二カ月も早く生まれてきた、ちいちゃいちいちゃい女の子やった。ガラス越しのそのちいちゃい命を祈る思いで毎日見守るふたりの前で、その子は生まれてからひと月にもならへん短い生涯をひっそりと終えた。

それからはずっとふたり暮しやったサク婆とお父ちゃん。そのお父ちゃんもついに彼岸の人となってしまい、砂でできた大きな穴がふちから崩れてどんどん広がっていくような淋しさに埋もれてしまいそうになってたときやった。

初めは母屋に一緒に住んでたけど、あたしが生まれて、無事にお宮参りも済んでしばらくあとに、これであたしも安心して隠居できるわ、と、サク婆は離れに移っていった。そのとき一緒に、母屋と離れを区切る、形ばかりの生垣もできた。

陽ちゃん、まだ若いし、自分の生活もあるやろう、と気を利かせすぎたサク婆の考えで。それは気の回しすぎやった。オカンが誰か男の人を連れてきたことなんていちどもなかったから。二十五年近くものあいだずっと。おととい、捨て男を拾てくるまでは。

　その二十五年ぶりのオカンの恋人は、台所でかいがいしく朝ご飯をテーブルに並べてる。炊立てのご飯、お味噌汁、納豆、鮭《さけ》の塩焼きに、出汁《だし》巻《ま》き玉子。ちょっとした旅館の朝ご飯みたい。悔しいけど、また捨て男の点数が上がる。節操のないあたしの胃袋よ。

　捨て男と向かい合い、いただきますと手を合わせる。熱々の味噌汁をすすり、つやつやに光るご飯にきゅうりのお漬物をそえて食べる。ぱりぽり。美味しい。ちょうどええ漬かりよう。自家製らしいお漬物。うち、糠床《ぬかどこ》なんてないのに、どうやって作ったんやろ。

「これ、どうやって漬けたん？」

　きゅうりをお箸に挟んで捨て男に訊く。

「マイ糠床持ってきたもん」

　指さす先には、なるほど、小ぶりやけど年季の入ってそうな漬物樽《つけものだる》。こんな格好して漬物樽持ってきたんかと思うと、可笑《おか》しい。

「うちのおじいはんの形見や」

と捨て男。

ちょっと二日酔いの、もやのかかった頭に昨日の晩のことが浮かぶ。捨て男のおじいさん。なんか、僕のせいで死んでしもたとか、そんなことを言うてへんかったっけ？ 訊いてもええんやろか？

「おじいさん、なんで亡くなりはったん？」

やっぱり訊いてしもた。

「え？　陽子さんから聞いてないのん？」

と、ちょっと意外そうな捨て男。

聞いてるも何も、あたし、捨て男の存在すら、おとといまで知らんかったのに。

「だって、つきおうてる人がいてるのんも知らんかったもん」

「ああ、だって、つきおうてなかったもん」

しらっと笑顔で言う捨て男。

何、何、何？　つきおうてなかったん？

「え、でも、昨日は知り合うて五年ぐらいって言うてたやん」

「ああ、それはただの知り合いや。もちろん俺は……いや、僕は初めて会うたときから、陽子さんのことええなぁって思うてたし、会うたんびに口説いてたけど、全然相手にされてる感じやなかったしなぁ」

箸でアカンアカンのゼスチャーをする捨て男。

なんや、そうやったんや。ほんだら、いきなり結婚、いきなり同居ってどういうことなん？　二日酔いの頭には、さばききれへんねんけど。

「……俺もびっくりした。一昨日《おととい》の晩、陽子さんが、はい、結婚しましょ、って言うたとき」

どうしたんやろ、オカン。年下男の熱についにほだされた？　あのオカンが？

首をひねるあたしの前で、まぁ、俺の魅力についに陽子さんも気づいてくれたってことかな、と能天気に笑う捨て男。ますます説得力なし。

捨て男のおじいさんの話をしてたのに、話がそれてしもた。けど、もう一回は訊きにくい。

それに、まだ湯気の立つ朝の幸せを並べたようなテーブル越しの捨て男は、これまた幸せそうに笑うてて、きっとつらいであろうその話は、べつに、いませんでもええかと思うたり。

もぐもぐ、ぱくぱくと、テーブルの上の幸せが胃袋に収まっていく音が響く。

「あ、そうや、ハチのご飯もこれから俺が作るわ。ドッグフードばっかりやったら身体によう ないで」

と、思い出したように捨て男が言う。

……なんかハチへのあたしの愛情にケチつけられたみたい。

「でも、そのドッグフード、獣医さんが薦めてくれはったやつやもん」

声に棘々が出る。

「いくら獣医さんが薦めはっても、缶詰やんか。犬かてできたてのご飯食べたいよ」

……そう言われたら返す言葉ない。

「今日、散歩に行ったときも、なんかちょっと具合悪そうやったし」

え？　具合が悪い？　あっという間にザワザワ波立つあたしの気持ち。ハチはほんまに、あたしの弁慶の泣き所。テーブルの下を慌ててのぞき込む。ゴロンと寝転んで、さっき風呂場で洗うてもうた前足を、一生懸命ぺろぺろなめてる。いつもの平和なハチ。

それでも、

「どんなふうに具合悪そうやったん?」

と訊く声に不安がにじむ。

「ううん、なんかちょっと、おしっこが出にくそうな感じやった。ぴょんと足を上げんのに、ほとんど出えへんねん」

昨日の朝は普通に見えたけどなぁ。夜はオカンが散歩に連れてったはずやけど、どうやってんやろ。

「いやいや、そんな心配せんでも。俺と散歩行くのん初めてやから、なんか緊張しとったんかもしれんしな」

そうかなあ、それやったらええんやけど。もういちどテーブルの下をのぞき込む。

ねえちゃん、どうしたん?　というふうにハチが顔を上げる。いつものあたしを見上げる穏やかな目に少しほっとする。

後片づけはすると言うたけど、俺、ほかに仕事ないから、と頑として譲れへん捨て男に負ける。そう言うたら、あたしも仕事ないねんけど。いつもの朝風呂に向かいながら、もやもやした気分になる。仕事もせず、家のこともする人がでてきて、あたしはここで何をしてるんやろうという、罪悪感のような、取り残され感のような。

あたしは捨て男のことほとんどなんにも知らんけど、平日にあたしが何をするでもなく家におることをなんにも聞いてけえへんってことは、あたしのことはオカンから聞いてるんやろなぁ。

服を脱いだらまだ薄く鳥肌が立つような空気の中を、慌ててお風呂場に入ってゆく。ハチも慌てて続く。浴槽に身を沈めると、しゅぅぅといろんな力が抜けていく。水に溶けていくんか、水があたしを溶けさせるんか。

お湯の中で手のひらを握ったり開いたり。自分の身体がお湯を通してべつの形みたいに見える。

閉ざされた空間で自分の好きなもん、都合のええもんだけに囲まれて過ぎていく毎日。

それもいつかは終わらせなあかんとわかってんのに、一日延ばしにしてるあたし。

一年半前までは働いてた。毎朝七時に起きて、八時五分の地下鉄で毎日会社に通うてた。

仕事中は厳しいけど面倒見のええ先輩たちと、普段はおっとりしてそうに見えんのにここぞというときには頼りがい抜群の上司とに囲まれて、同じように新卒でほかの会社に就職した同級生が職場の愚痴を言うのを聞くたびに、ああ、あたしは恵まれた職場に就職できてんな、と思うてた。

そう、あの人が来るまでは。

その人は、東京の本社から単身赴任してきた。初めまして、と挨拶されたときは、えらい線の細い人やなぁという印象しかなかった。関西に住むのは初めてやというその人は、いつまでたっても大阪の空気には慣れへんみたいで、水を吸い上げる力のない観葉植物のように、日に日にしおれていくようやった。

何の気ない親切心のつもりやった。仕事は終わったもんの、自分の帰る道がわからんで途方に暮れてる子供のような顔をしたその人に声かけた。たこ焼き食べに行きませんかって。


会社の近くのたこ焼き屋さん。道端にワゴンが三台並んでる。いちばん左のワゴンには『日本一のたこ焼き』、真ん中のワゴンには『世界一のたこ焼き』、いちばん右のワゴンには『宇宙一のたこ焼き』と看板が掛かってる、冗談のような光景。

「さぁ、日本一か、世界一か、宇宙一か、どれにします?」

とあたしが訊いたら、その人の生気のなかった顔にようやっと笑顔が浮かんだ。大阪っておもしろいねぇ、と聞き取れんぐらいの小さい声でつぶやきはった。

ハフハフと道端で一緒にたこ焼きをほおばりながら、会話らしい会話はせえへんかったけど、美味しそうにたこ焼きを食べてる姿に、よかったなぁ、と思うた。その先に起こることを知りもせんかったから。

次の日、終業時間間際、今度はその人があたしのデスクの横に立った。今日もたこ焼き食べに行きませんか、と誘われた。昨日の今日でちょっと面食らったけど、その日はもう予定があったんで、そう言うて断わった。そうですか、と言うたその人の目に、白いもんがチカッと見えた気がした。

その次の日は、お昼を過ぎたころには、その人がデスクの横に来た。今日はどうですか、と言う目には、断わったら何かが壊れてしまいそうな光があった。断わりきれずにその日また、並んでたこ焼きを食べた。最初に食べたときのように、とくに会話もないのはおんなじやのに、なんでか落ち着かん。早く食べ終わってこの場を離れたいと、口の中やけどしそうになりながらたこ焼きをほおばった。そんなあたしにその人は、今度はたこ焼きじゃなくてゆっくり食事できるところにでも行きたいな、とじっとあたしを見た。

湿度のあるその視線に、自分が何か大きな間違いをしてしまったんでは、と、首の後ろの毛が逆立った。それでも会社の人やし、単身赴任やけど奥さんもいてはるんやし、べつに深い意味はないと自分に言い聞かせた。

でも、それはやっぱり間違いやったみたい。次の日から毎日のように、その人に誘われるようになった。隣に座る先輩も、最初のころは、もててしゃあないねぇ、と笑うてはったけど、そのうち、その人があたしのデスクに近づいてくるのを見たら、不機嫌な横顔で席を外しはるようになった。

会社のロッカー室で、

「たこ焼き二回一緒に食べたくらいで、あんなにつきまとわれるかなぁ。なんかあったに違いないよなぁ」

とその先輩が言うてはんのを耳にしてしもたんは、それから何日もたたんうちやった。どうしたらええんやろか。胸の中にじくじくと悩みがたまっていった。

次の日また、あたしのデスクの横に立ったその人に、ちょっと大きすぎるほどの声で言うた。

迷惑なんで誘わないでください。私、おつきあいしてる人もいるんです。

言われたその人の目に、前に見た白い光が今度はチカッと大きくともるんが見えた。足がガクガクした。でも、これでもう大丈夫やと思うた。

しばらくは平和やった。その人が誘うてくることもなくなった。デスクに向かう相変わらず生気のないその人の背中を見ると、ちょっと胸が痛んだけど。知らんかったから、その中で白い光が、メラメラと凶暴な音を立てて燃え上がろうとしてんのを。

ある晩、いつもの駅から自転車での帰り道。まだそんなに遅い時間でもなかったけど、濃くなってく夕闇《ゆうやみ》から逃げるように、自転車をこぐ足も早まる。家から数十メーターも離れてない曲がり角の電信柱の陰に、ぼうっと浮き上がる人影が見えた。本能的に危険を察したんか、ブレーキを両手で引き絞り、踵《きびす》を返そうとしたんと、その人影が躍りかかってきたんは同時やった。何が起こったんかわからんかった。

自転車ごとすごい音を出して倒れ、ひざのあたりに激痛が走った。痛いと言う声をあげる間もなく、今度は頭に顔に衝撃が走る。

会社のその人が馬乗りになって、すごい勢いであたしを殴りつけてるのが、よけようと顔の前でばってんにした両手越しに見える。

「バカにしやがって。バカにしやがって」

とわめく声が、唾液《だえき》とともにふってくる。

永遠のような時間に思えたけど、通りかかった人と、そのすぐ前の家の人らがその人を羽交い締めにして止めてくれるまでは、ほんのわずかのあいだやったらしい。それでも、あたしの顔は西瓜《すいか》みたいにまだらに腫《は》れ上がり、ひざの横の傷は十針も縫うた。

オカンもサク婆も、傷害事件どころか殺人未遂や、と息巻いたけど、会社の上司が、慣れへん土地でのノイローゼからやったことやから、どうか穏便に済ませてくれ、と土下座せんばかりに頼んできた。ただただ、この降ってわいた災難のようなことを、ちょっとでも早うぬぐってしまいたかったあたしは、上司の言うことに疲れたようにうなずいた。

その人自身は、あたしのほうからつきあえとしつこく迫ったとか、その人の奥さんにあたしが無言電話してたとか（電話番号も知らんのに）というようなことを言うてると、お見舞いに来てくれはった先輩が教えてくれた。

結局、その人は半月ほど謹慎になったけど、すぐ会社に戻ってきたらしい。

あたしは……結局会社には戻られへんかった。

顔の腫れも引き、ひざの包帯が絆創膏《ばんそうこう》に変わり、明日から出社しますと上司に電話した。もう出てくんの？　ゆっくりしてたらええのに、と上司の声がちょっとうろたえて聞こえた。大丈夫です、行きます、とキッパリこたえて電話を切った自分やったのに、その日は眠られへんかった。

朝、会社に行く用意をして家を出る。いつもあたしよりは早く出るオカンが、その日は駅まで一緒に行こうと待ってた。歩いて一緒に駅に向こうた。駅に近づいてくとともに耳鳴りがしてきた。暑くもないのに汗が背中をダラダラ伝う感触。いよいよ駅の階段をのぼるとこにきて、吐き気がしてしゃがみ込んだ。そこからしばらく動かれへんかった。

最初は頭を殴られた後遺症かと思うた。でも、家に戻ると何ごともなかったように不快感はなくなる。

これなら明日は大丈夫、とまた出かけていくけど、やっぱり道の途中まで来ると頭が壊れるような耳鳴りに襲われる。それは、一日置いても二日置いても変わらへんかった。会社にはもう行かれへんと自分で悟るまで、長くはかからへんかった。事情を伝えた上司はものすごく気の毒がったが、あたしが辞めると言うのんを聞いて、どこかほっとしたようでもあった。辞職願いはオカンが届けに行った。

あれからもう一年半にもなるんや。会社に行くんやないとわかってても、まだ駅のまわりに行くと吐き気がする。遠回りになっても、あの人が隠れてた電信柱のある道は通らんようになった。

ひざの傷は干からびたミミズが張りついてるような形でまだ残ってる。お風呂に入ってると、そこからプクプクあぶくが出てるように見えたりする。もう痛くないはずやのに、さわるとヒリヒリするような気がする。指でなぞると、自分の皮膚ではないような妙な感触。

湯気に包まれ目をつむる。お風呂と一緒や。どんなに気持ちようても、つかりすぎたらふやけてまう。心も身体も。もうちょっと、もうちょっと、とゆるゆるとしたお湯にひたってるような毎日。ほんまに、もうそろそろキリを見つけんと。

水が作った角度の加減で、宇宙人みたいに見えるお湯の中の自分の指を動かしながら、そんなことを思う。お風呂場でする考えごとは、あわくて、のぼっては消えてく湯気のよう。思うたそばから実態がないことのように思えてくる。

自分の立てるトプンという水の音以外、しんとしたお風呂場。洗い場のハチに目をやる。さっきまでチョコンとお座りしてたのに、伏せみたいな格好でうずくまってる。何かがきしむような音。なんの音？　これはハチのうなってる声？　捨て男の、具合悪そうやったで、という言葉が頭に浮かぶ。ハチ、どうしたん？　大丈夫？　と手を伸ばす。頭に手を触れるか触れへんかで、ギャオンオンとすごい声で鳴いた。

ブルブル震えるその身体。

たいへんや。これは、たいへんや。ハチがどないかなってもうてる。

風呂場を飛び出る。ろくにふいてへん身体に急いで着ようとする服が張りつく。ハチはまだうずくまったまま。抱きかかえようとするけど、ギャオンオンとすごい声で鳴く。

脱衣所の戸の向こうから、焦った捨て男の声。

「月ちゃん、大丈夫か。どないしたん？」

「ハチが、ハチが、ハチが」

と言うだけで涙がぼろぼろ出てきてしまう。

服着たか？　開けてもええか？　開けるでっ、とあたしの返事もろくろく待たずに捨て男が戸を開ける。

ハチが、ハチが、ハチが、と要領を得んあたしを押しのけて、捨て男がバスタオルでハチをくるんで抱き上げる。ギャオオンという鳴き声と一緒に。


獣医さんに向かうタクシーの中、ごめんごめんごめんごめんごめん、と、どうしょうどうしょうどうしょうどうしょう、と、もしもしもしもしもしもしも、の言葉ばっかりが頭の中をぐるぐる回って、あたしを打ちのめす。

捨て男が気づいたハチの異状を、どうして見逃してしもたんか、あたし。ハチがハチがと、いっつも言うてるくせに。

思わずひざの上で手を組む。犬の神様、もしいてはったら、お願いですからハチを助けたってください。

捨て男の腕の中のハチは小さく震えてる。視線が不安そうにうろうろ動いてる。タオルからはみ出した尻尾はダランと垂れて動けへん。十分ほどの道のりが、とてつもなく長く思えた。ハチに何かあったら……何かあったら自分はどうなってしまうやろう。足元から崩れてしまいそうな心もとなさ。底の見えへん黒々とした大きな穴のふちに立たされてしもたみたいな。

「尿道結石ですね」

「ニョウドウケッセキ？」

「まあ言うたら、おチンチンが石で詰まってしもたんですねえ」

ハチを拾てきたときから、かかりつけの獣医さん。広いおでこにしわ二本。そのしわがしゃべるたんびに動く。

「もうたぶん、二日ぐらい、オシッコちゃんと出てへんと思いますよ。このたまりようを見たら」

二日も？　全然気づかへんかった自分が情けない。

ごめんな、ごめんなハチ。

お医者さんが苦手で、診察台の上でオロオロした目をしているハチの頭をぐりぐりなでたら、その手に鼻を押しつけてフンフン鳴らす。

「大丈夫。いまはもうオシッコ出しましたから、ハチ君、すっきりやと思いますよ。石もたぶん、ほとんど一緒に出たはずですし。尿毒症にもなってないみたいですし、抗生物質しっかり飲ませて、一週間様子見て、また連れてきたげてください」

看護師さんの、お大事に、という声に送られて、ハチを抱いて診察室を出る。ほっとため息。横の捨て男の肩からも力が抜けるんがわかる。ハチはさっきまでのぐったりが嘘みたいに、バスタオルから出たお尻尾をぶんぶん振ってる。腕にぴしぴし当たって痛いやん。痛いけどうれしい。元気が出てきた証拠やもん。

帰りのタクシー。

ほっとした途端、激しく襲ってくる自己嫌悪。

なんでもっと早う気づいてやれへんかってんやろう。

どんなにしんどかったことか。いちばん近くにおって、いちばん大切にしてると思うてたのに。

こんなギリギリまで気がつかんと。あたしなんて飼い主失格や。

考え始めると、どんどん気持ちがへこむ。

ごめんな、ごめんな、と心の中で何べんも言いながら、ハチのおでこをなでる。

失うたかもしれん、このあったかさ。

「よかったなぁ、たいそうなことにならんで」

横の捨て男がしみじみ言う。

うん、ほんまに、と返事したあたしのくもった声。

「どないしたん、元気ないやん。今度は月ちゃんが石詰まったような顔して」

いつものようにニカッと笑う捨て男をぼんやり見る。

あたしの曖昧《あいまい》な視線を捨て男がしっかりつかまえる。

「月ちゃん、自分のこと、あんまり責めたらあかんで」

え？

「なんで気づいてやれへんかったんやろ。なんでなんでなんでって、いま思うてたんとちゃう？」

うなずいたままうつむくあたし。

「あんな、月ちゃん。こんだけ心配してもうて、こんだけ泣いてくれる家族がおって、ハチはめっちゃ幸せもんやで」

「ほんでも、気ぃついてあげられへんかったもん。具合の悪いのん。言葉が通じへんぶん、あたしが気ぃつけてあげなあかんかったのに」

「ほんだら、これから気ぃつけてあげたらええやん」

あっさり言う捨て男。そら、そうやけど。

「できへんかったことをいつまでもグジグジ思うてもしゃあないやん。それに、こいつ、無事やったんやし」

それもそうやけど。

「だいたい、痛い思いしたんはハチやで。月ちゃんばっかり、しけた顔しててどないすんねん。ハチかて心配すんで。そないにメソメソしとったら」

そやで、ねえちゃん、どないしたん？　と言うように、あたしを見上げるハチ。

いつもと変わらへんその一途《いちず》な目。

もつれてた気持ちが、シンプルにほどけてくのがわかる。

よかったなぁ、おまえ、もう、どもないか？　おチンチン詰まったままやったらえらいことやったなぁ、とハチのおでこに手を伸ばす捨て男。

「長生きしてくれよ。俺な、もういややねん。人間でも動物でも、死なれんのんは」

と、それはハチに言うてんのか、独り言なんか。

そういう捨て男の言葉をわかってるんかわかってないんか、あたしの腕の中でハチは気持ちよさそうに目を細めてた。

家に戻ったら、玄関の格子んとこにメモが挟んであった。広げたら、サク婆の字でひと言。

「お好み」

あ、そうやった。お好み焼きやったわ。時計を見たら、もう一時過ぎ。急いで電話。最初は、忘れてしもてたんかいな、とプリプリの声やったサク婆やけど、事情を説明したら、そら、えらいことやったな、あんたらもお腹空いたやろ、いまから持ってったるわ、と電話が切れた。

サク婆のお好みを思うたらお腹がぐうと鳴る。しかし、あたしも捨て男もひどい格好や。あたしは結局、パジャマのジャージのままやし。捨て男はまたしても、あちこちが染みだらけになった赤シャツ。

リーゼントも、戻しすぎのワカメみたいにダラーンとなってしもてるし。

「シャワーでも浴びてきたら。サク婆来《く》んのにその格好やったら、三回戦もぼろ負けすんで」

あれ？　あたし、サク婆に捨て男のこと気にいってほしいんかな？

自分の格好をしげしげと見下ろして、捨て男も笑う。

「ほんま、わやくちゃやな」

ほな、さっと風呂浴びさせてもらうわ、と捨て男がタオルを手に風呂場に向かう。そのあとを、ハチが慌てて追いかける。え？　いままでお供すんのはあたしのお風呂だけやったのに。ちょっとムッとしかけたけど、さっきの、ハチにしゃべりかける捨て男の声が耳にまだ残ってる。

ま、ええか。いちおう命の恩人やしな。あたしも着替えだけでもしよう。獣医さんに行くまでに入ってた力をほぐすように、首ぽきぽき言わせながら階段をのぼった。

かつブシがゆうらゆうら踊ってる。生きてるみたい。うちのオカンは、躍り食いやぁ、とれとれピチピチやぁ、活きのええうちにはよ食べなぁ、というような冗談をよう言う。あたしはあたしで、かつブシが早う食べておくれと手招きしてるように見えんのよね。どっちにしても、お好みが大好きなあたしとオカン。

それに、サク婆のお好み焼きはなんと言うても絶品。これって大阪のどこの家もそう思うてるんやろけど。うちのお好みは天下一品やってさ。

なんちゅうても基本の豚玉。表面の豚はカリッとしててんのに、コテをお好みに入れたら、中はとろりとしてハフハフ。そこに、しんなりあったまったキャベツが一緒になって、口の中に広がる至福のハーモニー。

あぁ、大阪人に生まれてきてよかった、と思うひととき。あたしが焼くとこうはいかへんのよね。見かけもこういうふうにぽってりやのうて、ドッテリとなってしもたり。タネも、キャベツから水が出てしもてシャバシャバやったり、メリケン粉入れすぎてゴロゴロやったり。たかがお好み焼き、されどお好み焼き。大阪人というたらお好み焼きと言われるけど、これはDNAやのうて体験学習。大阪に生まれたからというて、最初っから上手にお好みが焼けるわけやない。天下一品となるまでは、大阪人といえど修行がいるねん。

サク婆のお好み焼き食べんのが初めての捨て男は、ひと口食べて、ううんとうなってた。これはタネの隠し味に何使うてはるんやろとかいう、質問とも独り言ともつかんことをぶつぶつ言うてる。

こういうのん見ると、元板さんと言うんはほんまやってんなぁと思う（じつはまだ、だいぶ疑うてた)。

しかし、サク婆が来るから風呂入るって言うから、まともな格好かなと思いきや、またもや赤シャツにリーゼントの捨て男。そら、シャツも頭もさっきと違うてビシッとしてるけどさ……。

「あんた、板さんやってんてな」

今日も染みひとつないサク婆のパリッと白い割烹着の背筋はシャンと伸び、吟味するように捨て男をじいっと見つめる目。ナギナタでも持たせたらエイヤッと切りつけられそう。なんかあたしまで緊張する。当の捨て男はと横目でうかがう。

「はい、もうだいぶ前ですけど」

とこたえる捨て男は、しっかりサク婆の視線を受け止めてるみたい。

「ほんで、なんでまた家政夫に職変えしたんや」

「まぁ、それはいろいろありまして」

「いろいろってなんや?」

サク婆の追及はゆるまん。

「あれ？　陽子さんから聞いてはりませんか？」

「聞いてるも何も、あんたとつきおうてることも知らんかったがな」

何か聞いたことある会話の流れ。あたしも今朝、同じようなことを訊いて、同じような返事されたかも。

自分のこと聞いてなかったんは、捨て男もわかってるやろうし。

これって話をかわそうとしてるんよね、きっと。やっぱり訊かれたないことなんや、板前さんを辞めたそのあたりの事情。

「あたしも全然知らんかったもん。捨て男のこと」

横から思わず口を挟む。これってあたし、助け舟出そうとしてる？

「なんや、その捨て男って」

サク婆の眉毛の片方がぴくっと上がる。

「オカンが言うてんもん。拾てきたって。捨て男やって」

「ほんまに、あの娘は」

あきれたように言いながらも、サク婆の口元は笑ってる。

オカンらしいと思てるんやろな。オカンが突拍子もないことをするたんびに、怒りながらも、ほんまにこの娘はしゃあないなあ、というため息混じりの笑いで、最後は落ち着いてしまう。

サク婆はこわいけど、じつはこの、しゃあないなあというのんを聞くのは好き。オカンとあたしの、ええとこも悪いとこも全部ひっくるめて、どおんとサク婆が包んでくれるようで。

「ちなみに僕、ええ拾いもんやと思いますよ」

と捨て男がニカッと笑う。ううん、助け舟が波に乗ったみたい。

「働きもんやし、料理もできるし、見てのとおりのええ男でしょ（またヌケヌケと。助け舟なんかいらんかったかな）。何より、陽子さんのこと真剣に思てますし」

捨て男の口元が引きしまる。へぇ、こんな真面目な顔もできるんや。

「僕、ここ何年かずうっとインケツ踏みまくりのドツボみたいな人生やったんで、陽子さんとのことは、神さんがくれはったご褒美のような気がするんです。もうこれで、一生ぶんの運、使い果たしたかもしれへんなってぐらい。でも、ええんです。陽子さんは僕にとって、運全部使うてしもても全然惜しないぐらいの人なんです」

切々とした誰かへの恋心を聞かされるというのは、けっこうめっちゃ恥ずかしい。ひゅうと口笛を吹いてごまかしたなるような。それがまた自分のオカンへの愛の告白となれば、なおさら。

手元のお皿にあるお好みの残骸《ざんがい》の紅しょうがを、箸の先で意味もなくチョイチョイとつつく。聞いてててええんかいなという心地。でも、落ち着かんながらも、心の中に広がるあったかい気持ち。あたしが好きなオカンをこんなふうに思ってくれる人。

捨て男のひと言ひと言を、聞きこぼさんようにとでもいうように、じいっと耳かたむけてたサク婆やったけど、

「ふうん。ま、ええわ。ええ男ってとこ以外は認めたろ」

とニヤリと笑《わろ》た。

捨て男の肩がふうっと少うし下がる。へえ、ちょっとは緊張してたんや。

まあ、あたしら母娘の保護者のようなサク婆。オカンと一緒になろうというんやったら、そら、あたし以上の難関やもんね。

サク婆はいつも、まっすぐ公平に物事を見ようとする。

見てくれや、肩書きや、そんなもんからの先入観を持たんと、できるだけ真っ白な気持ちで人間と向き合わなアカンで、とサク婆はよう言う。ほんだら、その人間のほんまのとこがよう見えてくるって。

その昔、二十歳、無職、そのうえ独り身で腹ぼてのオカンに、ただひとり手を差し伸べてくれたサク婆。

あんたのお母さんな、駅のホームでもう死んだろかなっていうような気持ちのときでも、あたしが困ったふりしたら、ぱっと正気に戻って飛んできたやろ。あたしはちょっと気をそらそうと思うただけで、あんたのお母さんが寄ってくるとは思うてなかったんや。ほかにもまわりに人はおったしな。ほんでも、飛んできていちばんにあたしの手をとったんは、あんたのお母さんやってな。この娘は性根のええ娘やと思うたんや、と、これもサク婆から何度も聞いた話。

　そんなサク婆がどうやら捨て男のことを気にいったらしいのを見て、あたしの中の捨て男の評価、そんなに悪い奴やないかもというのんが、ちょっとええ奴ぐらいに上がったかも。

「ふつつかもんですが、よろしくお願いします」

　と妙な挨拶をしてぺこりと頭を下げた捨て男。

「なんやの、えらい堅い挨拶をして」

　と言いながらも、まんざらでもなさそうに、ニッカリ笑うたサク婆。その前歯には青のりが付いてた。


　食べ終わったお皿をかちゃかちゃ洗う捨て男。相変わらずの赤シャツにリーゼント、腰には板さんが使うような白い前掛け。サク婆の割烹着と同じぐらいにキリリとした結び目。変な格好のそこだけに漂う職人さんの気配。

　手伝うというあたしに、これは俺の仕事やからと頑として譲らず、無駄のない動作で立ち働く捨て男を、テーブルから見るともなく見てるあたし。

「ありがとう」

その後ろ姿に声かける。

「え、何が？」

と振り向く捨て男。

「いや。ハチのこと助けてくれて」

前掛けの隅の『割烹　服部』のちいちゃい縫取りに目が留まる。

「病院ついていっただけやんか。助けてくれたんは獣医さんやんか」

なあハチ、と、流し台のそばでお座りして、捨て男をじっと見上げてたハチに目をやる。えらいなつきようや。

返事するようにハチの尻尾が揺れる。

「いや、そんなことないよ。あたし、ハチが具合が悪うなったんなんて初めてで、頭がひっくり返ってしもたもん。すごい声にびびってしもて、よう抱き上げもせんかったし」

あの、風呂場に響いたハチのギャオオオンという悲痛な声が、耳によみがえってくる。捨て男がいてへんかったら、あのまま、あたしは風呂場にペタンと座り込んでしもて泣くばっかりで、ハチの膀胱《ぼうこう》はめげてしもてたかもしれん。

「そんな神妙な顔せんと。無事やったんやし」

キュッキュッと気持ちのええ音を立てて、捨て男の手の中で磨かれてくお皿。

「そういうとこ、陽子さんと一緒やな」

笑いながら振り向く捨て男。

え？　どういうとこ？

「そういう、素直にありがとうとか、ごめんなさいって言えるとこ。言葉は簡単やのに言うのんは難しかったりするやんか」

こういうことを照れんと言えるんって、よっぽどのたらしか、能天気か。どっちやろう？

まぁ、どっちでもかまへんか。ハチの命の恩人には違いない。

お前も素直でかいらしなぁ、と足元のハチの耳の後ろをしゃかしゃかとかいてやる捨て男。それにこたえるようにハチが振る尻尾が床を打つパタパタという音が、耳に心地よく響いてた。

第四章　福耳

「ふうん、じゃあ、服部君は、月ちゃん的には合格なんや」

熱々のおしぼりを持て余すように、右手から左手、左手から右手へと、ちいちゃくキャッチボウルするように投げながら、センセイがニッコリ笑う。楽しそうな目。

「合格っていうか、最初の印象が悪すぎたんやもん」

いまさっき、センセイに話した昨日の出来事を頭の中で反芻《はんすう》する。

「最初の印象ねえ。僕は全然悪うなかったけどなぁ」

「うそやん。センセイ、玄関で固まってはったやん」

笑うあたしに、ああ、それは、と言いかけて、言いよどむセンセイ。

今日は『福耳』に連れてきてもうた。捨て男がオカンにプロポーズしたという小料理屋さん。まだまだわからんことの多いオカンと捨て男のあいだにある空気を、ちょっとでも読み取りたくて。

お店の名前の由来を訊くまでもない、肉厚の餃子《ぎょうざ》のような立派な福耳をした大将が、センセイの顔を見て、おおこれは珍しい、と笑いながら出してくれはった先づけの若竹煮。滑りのええ筍《たけのこ》の身を箸先でとらえるセンセイの器用な指先。

お箸の先まで神経が通ったようなその滑らかな動きに比べて、つるつるとした筍の身を何度もとらえ損ねてる自分がひどく不器用な人間のような気がする。

それは抱かれてるときでも一緒のようで、やすやすと自分という人間をとらえてしまうセンセイの腕の中で、しっかりと背中に回した手とは裏腹に、とらえきれへんもんをセンセイの中に感じて、心もとない気持ちになるあたし。

そんなことを思いながらセンセイの手元を見てたあたしを、センセイの声が引き戻す。

「あれは……見てすぐに思い出したからや。服部君のことを」

え？　思い出したって……前に会うたことあったん？　でも、捨て男もセンセイも初対面のような顔してたやん。

なんでふたりとも、と責める言葉があたしの口から出る前に、

「服部君が初めましてって言うたやろ？　あぁ、とりあえずこの場は初対面ってことにしたいんかなって、前に僕と会うたときのことはまだ言うてほしないんかな、って思てさ」

と続けるセンセイ。

捨て男の過去の話をしようとしたあたしを、サク婆を、スルリとかわそうとした捨て男の顔が浮かぶ。

「服部君からは、まだなんにも聞いてない？」

とセンセイ。

なんにも、と言うのをかすかに首を振って示すあたし。

そうかぁ、とうなずきながら、次の言葉への接ぎ穂を探すような表情のセンセイ。

「服部君のお祖父さんな、島崎《しまざき》さんに入院してはったんや」

センセイがぽつりと言う。

え？　オカンが働いてた病院に？

「そんときに、うちのお母さんと知り合ったんや」

やっとオカンと捨て男の最初の接点が見えてきたような気がしたけど、

「いや、どうやろ。それ六年、いやおおかた七年近く前のことやからなぁ」

ひい、ふう、みぃと、見えない年月を長い指で数えながら言うセンセイの言葉に、また見えかかったもんがぼやける。オカンと捨て男、知り合って五年って言うてたもんな。たぐってもたぐっても手ごたえのない毛糸玉を相手にしてるみたいな気分になる。そんなあたしにセンセイも、何かをたぐりよせようとするように、遠くを見つめた横顔で話し続ける。


七年ほど前、捨て男のおじいさんは三カ月ほど島崎病院に入院してた。わき見運転の軽自動車に巻き込まれて、右足の複雑骨折で。そのときのリハビリの担当医がセンセイやった。

リハビリはつらいもんや、とセンセイは言う。怪我《けが》したとこを元に戻すように訓練するだけやろと、やったことのない人間は軽く言うけど、ついこのあいだまでなんの支障もなかった自分の身体の一部が言うことをきかないことのつらさ、じれったさ。一歩を踏み出すことに、ただ関節を曲げたり伸ばしたりすることに、脂汗がにじむような時間と努力。何よりも、この努力の先に昔と同じ自分があるんかどうかわからへん、手探りで明かりのない道を進んでいくような心もとなさ。自分のおるんはいつか抜け出せるトンネルなんか、行き止まりの袋小路に向かってんのか。がんばりましょうと励ます自分の声がとってつけたもんのように聞こえることがあると、センセイには珍しく落とした声で、ずうっと前に言うてたことがあった。

年いってからのリハビリはなおさらや、と。回復も遅いし、もうこの先死ぬまでなんぼもないのにもうええ、と投げやりになってしもうたり。横で熱心に励ますどころか、面会にも来《け》えへんような家族やと、それはなおさらのことになってしまうのかもしれん。

そんな中、痛いともつらいとも言わず、まわりの人がもうちょっとボチボチいったらええのにって言うぐらい、毎日一生懸命リハビリに励んではった捨て男のおじいさん。白髪をきりりっと角刈りにした頭で、背筋をシャキンと伸ばして、毎回リハビリが始まる前には、先生、今日もよろしくお願いします、と折り目正しく挨拶してたらしい。その後ろで同じようにかしこまって頭を下げてたのが、いま思えば捨て男やったと。

　リハビリへの付き添いはもちろん、部屋に戻ってからのベッドの上でのマッサージを兼ねた柔軟体操の補助も、捨て男が熱心にやっていた。ふたりの会話の中から、捨て男とおじいさんがどうやらふたり暮しであること、ふたりで『服部』という、ちいちゃい割烹《かっぽう》をやってることなんかがわかった。

　週に何べんかは、捨て男がお昼に二段重ねのお重を携えて病院にやってきた。中庭でお重を広げてるのをのぞきに行ったら、いや、今日の仕込みの余りもんなんですけど、と捨て男は照れ臭そうやったけど、蓋《ふた》を開けた中には、見事な仕出し弁当が詰まってた。先生もよろしかったらどうぞ、と言われてお相伴《しょうばん》させてもうた出汁巻き玉子は、ふっくらと、でもひと口食べると口の中に澄んだお出汁が染み渡るようで、いまでも忘れられへんわ、と笑う。

　うわあ、むちゃくちゃ美味しいですわ、と卵をほおばった口で言うセンセイに、いやあ、こいつの味はまだまですわと言いながら、おじいさんの顔はそれはうれしそうやったらしい。一日も早う足治して、店に戻って、こいつをしっかり仕込まんとねと言うおじいさんの横で、そんなん言うて、おじいはん、早う僕と店に立ちたいんやろ、と笑うてた捨て男。仲のええおじいさんと孫。幸せな光景。

うれしそうに、おじいさんに軽口をたたく捨て男の笑顔が浮かぶようや。でも、それやったら、なんでセンセイと初対面のふりしたんやろう？　心に浮かんだハテナを口に出したら、またセンセイのまわりの空気がいったん止まる。

「服部君が言うてほしくなかったんは……二回目の入院のこととちゃうかな」

いつもとは違う、言葉を継ぎ足し継ぎ足しするように話すセンセイ。

「え？　二回目？」

「うん……たしか五年ぐらい前やと思う」

頭の中で、とうとう何かがカチッと合う音がしたような気がした。合うた先に見えたこたえを確かめてもええんやろうかと、ここまで来てまた立ち止まる。

捨て男があんなに言いたくなさそうにしてたことを、こんなふうに、ちゃうとこで探るようなことをしてええんやろうかという気持ちと、確かめたい気持ちと、心の中のはかりにかける。

ゆらゆらと戸惑うように揺れてたはかりが、かくんと傾く。確かめたいという目盛りのほうに。

「二回目は、なんで入院してはったん？　捨て男のおじいさん」

手元でゆっくり回してるぐい呑《の》みに目をあてながら、センセイが一瞬目をしばたたかせる。

言うてええんやろかという気持ちと、聞いてええんやろかと戸惑う気持ちが、センセイとあたしのあいだに横たわる。

あたしが目でうなずいたんを見て、センセイは小さく息を吸い込んで、それからゆっくり話し始めた。

五年前、捨て男のおじいさんの入院してたんは、介護病棟やった。それもオカンが勤めてた重度要介護の。

冷え込んだ日が続いたあとの、久しぶりに日差しがやわらんだ日、センセイが休憩時間に中庭に出たら、車椅子を押されて散歩に出てるお年寄りと、その付き添いの若い男の人が目に留まった。ほころびかけた梅の枝を黙って見上げてたふたりの後ろ姿に、今日は久しぶりに気持ちのええお天気ですねぇ、と声をかけたセンセイ。ちょっと驚いたように振り返った車椅子の後ろに立つその顔に、見覚えがあった。前に診たことのある患者さんかなぁって思いながらも、車椅子に座るそのお年寄りに、挨拶するつもりでかがみ込んだ。

こんにちは、リハビリの村上です、と言う言葉にお年寄りの反応はなかった。にごった黄色い目には光がなく、そのひざの上に乗せられた右手がちいちゃく、そのひざをたたくように動いてた。トントントンとリズムをつけて。

認知症、それもかなり進んだ患者さんみたいやった。

かがんだまま、それでもセンセイはもう一回、こんにちは、リハビリの村上です、と、そのお年寄りのひざに手を置いた。お年寄りの手のリズムはやっぱり変わらへん。手の動きに押されて、ひざ掛けがちょっとずれた。その下からのぞく白い前掛け。隅にちいちゃく『割烹　服部』の縫取り。

思わず目を上げると、車椅子の横に立つ青年が目を合わせる間もなく深く腰を折った。

「ごぶさたしてます、村上先生。その節はお世話になりました」と。


そのほんの二年前にあんなに幸せそうに笑うてた捨て男とおじいさんの姿と、目の前の車椅子のふたりの姿が、センセイの頭の中ではすぐには重なれへんかった。

鉢巻きと前掛けをしてなくても、頑固で腕のええ職人さんオーラが身体からにじみ出てたおじいさんと、線はおじいさんよりはやわらかいけど、その芯《しん》にはおじいさんとおんなじように、まっすぐで強いもんが通ってそうやった捨て男。

そのときとは別人のように生気を失うたおじいさんと、その横で視線を避けるように目を伏せる捨て男。

「祖父はいまでも店に立ってるつもりなんです」

ちょっとの沈黙のあと、捨て男が口にしたのはそんな言葉やった。

「店の板場で包丁使うてるつもりなんです」

つらそうに言う捨て男の前で、おじいさんは、捨て男やセンセイには見えへん包丁でトントントンとひざの上で料理を続けてた。

医者っていうのは考えられへんぐらいの奇跡を目にすることもあるけど、考えもせえへんかった絶望も見なあかん商売なんやなあ、と、おじいさんの口の端から細く伝う涎《よだれ》を見ながら、センセイはそのときまた思たって。

まさかそんなことがあったなんてという気持ちと、やっぱりそんなことがと思う気持ちが両方浮かんだ。みぞおちに冷たいしこりができてしもたような感じ。

目の前には、ちょっと前に運ばれてきたアサリの酒蒸し。ぷっくりとした身が美味しそうな湯気を立ててるけど、手が伸びへん。アサリの上に散らされた三つ葉がみるみるうちに、しおしおとくたってくのを見てるだけで。

やっぱり言わんかったほうがよかったかな、と気づかうふうのセンセイ。いや、うちのオカンの婿さんになるかもしれへん人のことやもん、知っててよかった、と言うたもんの、ほんまはやっぱりちょっと複雑やった。捨て男という人をもちろん知ったほうがええんやろうけど、捨て男が話したなかったことをほかの人から聞くっていうんは、捨て男のことを知りたいというより、ただのやじ馬根性やったみたいやから。

そのくせ、ほんでおじいさんはどうやって亡くなりはったんやろう、なんで捨て男がそれを自分のせいやって言うてるんやろう、その、ふたりでやってたお店はどうなったんやろう、この前センセイとうちの家で会うたとき、まるきり初対面みたいに振る舞ってたけど、すぐにわかってしまうと思えへんかったんやろかと、どんどん頭に浮かぶいろんなハテナ。

そんな気持ちが顔に出てたんやろか。

「僕がおしゃべりなんや。月ちゃんが気にすることやない」

センセイがあたしの手を自分の両手でやわらかく包んでくれる。冷えてた気持ちに熱が少うしずつ通ってく。

ほんでも、その日は会話がやっぱり止まりがちで、まだハチも心配やし、と、ほんまのことが言い訳に聞こえるような雰囲気の中、早々と店を出て、センセイの車で家に向かう。

きれいな夕焼けの名残が遠くの空に薄紫色のすじを残してる。それを見上げるようにドアにもたれたら、ひっそりとお月さんが見えた。まだ夕暮れの気配が残る薄い空に浮かぶお月さんが。間違うて、薄く切りすぎた大根のようなお月さん。目を凝らせば凝らすほど夜の中に紛れようとしてるような。そんなお月さんを見上げてたら、なんでか知らん、捨て男のしてた白い前掛けが頭に浮かんだ。隅にちいちゃくお店の名前の縫取りのあった、あの白い前掛けが。

少しひんやりしたキスのあと、ほんだら、またすぐ電話する、と言う声に送られて、トンネルの手前でセンセイの車を降りる。明るすぎるほどの蛍光灯の明かりの中（昔はこんなに電気がついてなくて、よう痴漢が出た）、コンクリートの壁に自分の靴音を響かせながら歩く。くぐりきったところで振り向いたら、いつものように見送ってくれてたセンセイが、パパンと短いクラクションを鳴らしながらUターンしてく。

このあいだの晩はトンネルのこっち側まで来て急に縮まったあたしとセンセイの距離が、また元に戻ったみたい。淋しいような、ほっとしたような。距離をとってるんはあたし。

なんでやろ。何かまだこわいような気がして。こわい？　それこそ何がこわい？　自分の気持ちやからというて、なんでもわかるわけやないんやな、と思う。

このごろのあたしの心の中はいつも、ちょっとピントが甘い写真のようや。前はもっと、くっきり生きてたような気がすんのに。さっきの車の窓から見たお月さんみたいに、あわあわとぼやけてしまってるあたしの心の輪郭。

夜の空気の中を漂うような心地で家に向かって歩いてたら、遠く後ろから呼ぶ声。

「月ちゃ〜ん。おかえりい〜」

オカンや。

振り向くと、遠くで大きく手を振るオカン。白い手が、ひらひらと蝶々《ちょうちょう》みたいに揺れてる。足元では引き綱をぐいぐい引っ張って全身でこっちに来ようとしてるハチ。あ、夕方の散歩やったんや。今日はえらい遅いなあ。

「いま出てきたとこぉ～。月ちゃんも一緒においでよぉ～」

両手をメガホンにして叫ぶオカンのほうへ慌てて走ってく。よかった。ハチのこと、じつはほんまに気になってててん。本人（本犬？）は、ほんまに具合悪かったん？っていうぐらい元気やけど、まだ、風呂場でのことがあって間もないのに、ほったらかしてセンセイと会いに行くやなんて。

オカンとハチにようやく追いつく。わぁ、今日はねえちゃんとおかあちゃんとふたりも一緒や、うれしい、うれしい、僕どうしょう、と、ピョンピョンと子ヤギのように飛び跳ねるハチ。

さっきまでちょっとへこんでた気持ちが、そんなハチの姿に嘘みたいに膨らんでく。

よしよしと頭をぐりぐりしてやり、ふたりと一匹で歩き出す。

目の前を、壊れた戦闘機みたいにジグザグに飛んでく蝙蝠《こうもり》の影たち。ちいちゃいころから見慣れた光景。昔、まだ小学生やったとき、遠くの街から引っ越してきた転校生がこの蝙蝠を見て泣いてこわがったことがあったなぁと、ふと思い出す。人間っておもしろいよなぁ。

最初からずっとそこにあるとそれが当たり前のように思える。父親がいないことも、オカンとのふたり暮しも。

ちょっとだけやけどお酒を飲んでたせいか、いつもより息を弾まして田んぼに続く坂をのぼってく。ひゃっほう、ひゃっほう！　田んぼ、田んぼ、田んぼ、と、毎回ようそんなに喜べるなあっていう勢いのハチを放してやる。弾丸のように走っていく姿が夜に紛れる。

ちょっと不安で思わずハチーと声をかけたら、また弾丸のようにすぐそばまで戻ってきて、何？　何？　ねえちゃん、呼んだ？　呼んだ？　僕のこと呼んだ？ってキラキラした目で見上げてくる。ほんまに可愛いやっちゃ。

用事ないんやったら行ってきまっさー、とまたすごい速さで踵を返したハチがすぐに遠くなる。

すごい元気やなぁ。ほんまにチンチン詰まってたん？　あの子、と、オカンがウフフ笑いながら言う。

あのはしゃぎようは、チンチンに詰まってた石が脳みそに回ってしもたかもしれへんなぁ、と、いまやから言える冗談をあたしも言うて一緒に笑う。

夜風に田んぼの土のにおいがする。朝の日なたの乾いた田んぼのにおいとは違う、ちょっと重い湿気を含んだにおい。

柵にオカンとふたり並んで腰かける。宵闇《よいやみ》に浮かぶオカンのちいちゃい横顔が、いつもより青白く見える。

「ごめんな、いろいろびっくりさせて」

オカンが急に言う。

「え、何が？」

目を凝らすようにして遠くのハチの姿を見てたあたしは、とっさになんのことかわかれへん。

「何がって。研ちゃんのことやん。突然結婚するって言い出したり、あっという間にうちに研ちゃんが来てしもたり」

オカンの済まなそうな声。

オカンのこういう声に、あたしは昔から弱い。普段めちゃくちゃ明るいのに、ときどき子供のように心もとない顔を見せることがあるオカン。

「しゃあないやん。オカン、言い出したら絶対きかへんし」

「月ちゃん、また、おっとなぁな言い方してぇ」

おっとなぁ、と妙な節回しが笑える。

「それに、捨て男、なんかいろいろ事情あるみたいやしさ……。今日、村上先生からちょっとだけ聞いた」

言いながらチラッと隣のオカンを見たけど、横顔の輪郭だけで、その表情は夜の暗さの中でようわからへん。

「事情なぁ。まぁ、人間、みんな誰でも事情があるしなぁ」

と、ぽつりとした口調のオカン。

センセイからの話を聞いて、頭に浮かんでた捨て男へのハテナを口にしてみようかと思たけど、やめた。ほんまに訊きたかったら、これ以上は捨て男に訊こう。自分の口から言いたないことは、きっと他人の口で話されるんもいやなはず。

それよりそうや、オカンに訊きたかったことがあったわ。

「オカン、捨て男のどこがよかったん？」

月ちゃん、まだ捨て男って呼んでるんかいな、とオカン笑いながら、

「せやなぁ。どこやろなぁ。やっぱりあのヘラヘラしたとこかなぁ」

へ？　ヘラヘラしたとこ？　仏壇の父の、男らしくきりっとした眉毛が頭に浮かぶ。お父さん、あなたの元妻は、今度はどうやら全然ちゃうタイプの人を好きになったみたいですよ。

「研ちゃんな、ああ見えて苦労しいやねんで。でも一見はちゃらちゃらヘラヘラしてやるやろ？　ようさんつらいことあったやろうに、ああやって、なんの悩みもないみたいに見えるんはえらいなあって思うてさ」

ハチを探してるんか、田んぼの遠くのほうを見ながら話すオカン。

「村上先生から聞いたかもしれんけど、研ちゃんのお祖父さん、島崎さんに入院しててなぁ。そら毎日のように病院に通うて来てやったわ。そのときからえらい子やなあと思うてたけど、ひと回り以上も年が下の研ちゃんと、まさかいまみたいになるとは思えへ

んかったわ」

「でも、捨て男はひと目惚《ぼ》れみたいなこと言うてたけど」

「え？　ほんま？　ははは、そら光栄やわ」

オカンの大きな黒目がちの目がくるくると動く。

仕事帰りのオカンは、面会時間ぎりぎりまでおじいさんの病室におった捨て男と、病院の近くの『福耳』で何回かばったり会うことがあったらしい。

その『福耳』で、何年かしてからオカンが捨て男を拾うて、捨て男がオカンにプロポーズすることになるやなんて誰が思うたやろう。

いまのクリニックに勤め出してからはごぶさたやったはずの『福耳』で、たまたま、ばったり会うたオカンと捨て男。そういうのを運命とか巡り合わせって言うんかな。

せやけど研ちゃん、ときどき泣き上戸《じょうご》になることがあってなぁ、ほんま子供みたいに顔ぐしゃぐしゃにして泣くん見てたら可愛いてなあ、と話し続けるオカンの声が耳に響く。

「ほんでも、つきおうてなかったんやろ?」

「うん。研ちゃんはあの調子やから、つきおうてくださいとかそんなこと言うてたけど、まさか、ひと回り以上も年が上のおばちゃんにそんなん本気で言うてると思えへんかったし。それに、やっぱり薫《かおる》さんのこと忘れられへんかったし」

薫さん、と、父の名前をいつくしむように発音するオカンの唇。

「ほんだらまた、なんで急にその気になったん? 酔うた勢い?」

「そんなん、それまでにもふたりで飲んでて酔っぱらったことはあったよ。あったけど、あの晩はお母さん、ちょっと落ち込んでて、泣いてしもてん」

え、泣いたん? なんで? あんまり人前で涙を見せたりせんオカンやのに。

「ほんだらな、研ちゃんがな、言うてくれてん。悲しいときもつらいときも、ずっとそばにいさせてください、陽子さんの人生、僕に見守らせてください、ってさ」

それって、と思わずオカンの顔を見る。

「そやねん。お母さんがその昔、薫さんに言うたんと一緒のセリフ」

竜巻にさらわれるように、気がついたら一緒になってたオカンと父。婚姻届を出しに行った次の日、父が職場で倒れた。腎臓癌《じんぞうがん》やった。それも末期の。その週末にはふたりだけで神社で結婚式もする予定やったのに。もって半年とお医者さんに言われた日、父はすぐさま別れようとオカンに切り出した。

出会ってからの、こわいぐらいの幸せな思い出だけを持って、オカンに生きていってほしい、つらい悲しい思い出を背負わせて残してくようなことはしたないって。

そのときのオカンがこたえたのがこのセリフ。

「悲しいときもつらいときも、ずっと薫さんのそばにいさせて。薫さんの残りの人生、あたしに見守らせて」

って。

「それを知らんはずの研ちゃんが、おんなじようなこと言うのん聞いて、ああ、もしかして、薫さんが引き合わせてくれてんのかなあって思ってさ」

ほんまにそうなんかもしれへんな、と、あたしもふと思う。

蛙《かえる》の声が聞こえるにはまだまだ早い、サクサクとハチが遠くで土を踏んで立てる音以外に静まり返った田んぼ。

　あたしの心の中も穏やかな静けさ。

　すうと夜の空気を吸い込む。冷たくて、ええ気持ち。仰向《あおむ》いたら、多くはないけど、白く強い光の星がいくつか空に見える。オカンも一緒に空を見上げる。子供がするみたいに空を見上げたまま足をブラブラさせて。

「月ちゃん。お母さんもじつはちょっと聞いてほしいことがあるねんけど」

　そう言うオカンの語尾はちょっと震えてて、その震えがあたしの心に伝わる。

　何、何？　ちょっとこわい。ふるふるふるふる。

　仰向けてた顔をこっちに向けて、オカンがあたしをじいっと見てるんを横顔で感じる。けっこう固まるあたし。

　そんなあたしが見えてるんか、言いよどむ気配のオカン。黙るふたりのあいだを、田んぼを渡った夜風が吹き抜けてく。

　ええ、何？　も、もしかして、もしかして、おめでたとか？　ええっと、オカンっていくつやったっけ。確か四十五？　最近はその年でも産みはる人、なんぼでもいてはるって聞くけど。それより何より、あたし、お姉ちゃんになるわけ？　ああ、どうしよう、妹かな、弟かな、どうせなら妹が欲しいけど、女の子は父親に似るって言うし。捨て男似の女の子……うんんん。

ハチとおなじぐらいの弾丸スピードで、それこそ地の果てまで行きかけてたあたしの爆想を、オカンのひと言が呼び戻した。

「白無垢《しろむく》着てええかな？」

白無垢？　え？　おめでたやなくて、白無垢？

ええと、ほんで、なんで白無垢なん？　と言いかけて、そうか、結婚するんや、オカン。そうか、そうか、結婚と結婚式がイコールになってなかったけど。

そうか、結婚するということは、結婚式もするかもしれんってことやってんなぁ。また目まぐるしく浮かぶ思いの中に、足取られそうになるあたし。

すぐに返事をせえへんあたしが反対してると思うたんか、

「やっぱりみっともないかなぁ。カツラなんかかぶったら、仮装大賞みたいになってしまうやろか？　でも薫さんのときも結局お式できへんかったし」

と顔をくもらせるオカン。

そうか、そんなことといっぺんも言うたことなかったけど、花嫁衣裳《いしょう》に憧れてたオカンの気持ちはあたしもわかる。あたしもちいちゃいころから、いつかは、と思うてるもん。

「ええやん、着たら。仮装大賞でも」

慌ててこたえる。

「ええ～、やっぱり、仮装大賞やのん」

と口とんがらすオカンに、

「バカ殿よりましやん」

と混ぜ返す。

ひゃあ、バカ殿ぉ、とオカンが笑う。

もちろん、あたしはそんなことを思うてなかったけど。きっときれいなはずのオカンの花嫁姿が、もう頭に浮かんでた。

四十五の白無垢、仮装大賞、バカ殿、きっついなぁなどと言いながら肩をたたき合うてゲラゲラ笑うあたしらの声に、ハチも戻ってきた。ねえちゃん、おかあちゃん、何がそんなに楽しいのん？　僕もよせてえなぁ。ふたりを見上げてぶんぶん尻尾を振る。自分も一緒に笑うてるみたいにハッハッとベロを出しながら。

ふと不思議やなぁと思う。ほんの一週間もせんうちに捨て男が現われて、初めは結婚なんてとんでもないって思うてたのに、いまはもうオカンの花嫁衣裳のことでこうやって笑うてる。時間も人間も、一瞬として同じとこにはいてへん。一秒前、いやたぶん、一分前でも同じようなことを感じてたはずやのに、いろんなときがつながって、いろんな思いがつながって、こうやって流れてく。

あたしらのハイな気持ちが伝わったんか、いつまでもぴょんぴょんと跳び回ってるハチをやっとのことでつかまえて、テクテクテクテクテク、ちょこちょこちょこちょこと、ふたりと一匹で家に向かう。

もういちど空を見上げる。さっきまでぼんやりとしてたお月さんが、いまはくっきりと夜空に白く浮かんでた。きれいすぎて悲しいぐらいのお月さんが。

ずっとずっとあとに思う。あの晩、オカンが聞いてほしかったことはたぶんべつのことやったんやって。笑いにごまかしてじつは言われへんかったこと。聞いてほしいことがあるねん、ってちょっと震えて聞こえたオカンの声の後ろには、震えたオカンがやっぱりいてたんやって。

第五章　月見酒

その晩、家に戻ってすぐにオカンが捨て男に白無垢の話をしたら、冷蔵庫から、今日のデザアトオ、と変な掛け声と一緒に取り出しかけてたわらび餅《もち》を（もちろん捨て男の手作り）危うく床に落としかけた捨て男。

わ、わらび餅がぁ、と慌てたあたしらの前で、ぎりぎりで救われたそれを手に持ったままの捨て男が、今度は、やったあ～、と言う奇声と一緒にグリコのマーク。

捨て男の頭上の小鉢の中でぷるんぷるん震えてるやろうわらび餅を思うて、気が気じゃなかったあたし。

ほんまにほんまに陽子さん、俺と結婚してくれるんや、と気持ち悪いほどの笑顔の捨て男。何を言うてんのん、もう一緒にも住んでんのに、とオカンは笑《わろ》たけど、いやあ、また追い出されるかもしれんと、じつは毎日どきどきしてた、と言う捨て男の目は、ちょっと潤んでたりして。

明日は赤飯と鯛の尾頭《おかしら》つきや、と、もう明日が結婚式のように舞い上がる捨て男。その興奮がうつって、捨て男のまわりをぴょんぴょん飛び跳ねるハチ。なんか最近にぎやかなわが家。

テーブルに両肘《りょうひじ》ついて、そんな様子をウフウフ笑いながら見てるオカン。くるくるの髪の毛の先からも笑い声がこぼれるようで、ああ、オカン、きっといま、すごい幸せなんやろうな、と向かいに座るあたしの胸は熱くなったりして。思わずじいっとその横顔を見てたら、ふと視線を戻したオカンと目が合う。なんか恥ずかしくて、急いで手元のわらび餅をスプンですくう。ああ、ぷるんぷるんでなんておいしそう。さぁ、いただきまあす、とスプンを口に運びかけたあたしに、

「月ちゃん、衣裳合わせにはついてきてな」

急にオカンの真剣な声が降ってきた。

え?と顔を上げたら、オカンのこわいぐらいにあたしを見つめる目。

「白無垢の衣裳合わせ。月ちゃんに絶対ついてきてほしいねん」

え？　どうしたん？　そんなん、ついてくに決まってるやん、とあたしがこたえるより早く、

「ちゃんと一緒に電車に乗って、ついてきてほしいねん」

と、畳みかけるように続けるオカン。

その言葉に凍るあたし。電車。乗れなくなって一年半以上にもなる電車。考えるだけで、あのチリチリとした頭痛がしてくるような気がする。

「なんでそんな急に……」

と、やっとモゴモゴ返事したあたしに、

「急やないよ。お母さんはずっと待ってたんやで。月ちゃんが、また電車に乗ってみる、また外の世界に出かけてみるって言うのんを」

その言葉にまた黙ってしまうあたし。

そんなん、あたしかて思うてた。ずっと、ずっと。このままでええんやろうか。いや、ええわけがないって。捨て男が現われてからは、もっと思うようになってたのに。そん

なあたしの気持ち、オカンもちょっとはわかってくれてるかと思うてたのに。

あたしの中で膨れ上がっていく、憤るような気持ち。

「月ちゃんは、ずうっとこのままでええと思うてんのん？　電車に乗って出かけることもできへんで、うちの中にずうっとおって」

あたしの苦しい気持ちにまるで知らん顔して、追い討ちをかけてくるようなオカンの言葉が突き刺さる。

「このままでええなんて、思ってるわけないやんっ」

突き刺さったもんを振り払うように、自分でもびっくりするほどの大きな声が出た。その声に、はじかれたようにこっちを見る捨て男とハチ。

オカンと捨て男とハチ。みんながあたしを見つめてる。あたしの情けない気持ちを見透かすように。トクン、トクンと、自分の胸を打つ音が大きくなってるんがわかる。耳の奥のほうから、熱を含んだ気配が、あたしの全身に回ってく。きっと赤くなってしもてる自分の顔を見られたくなくて、うつむくあたし。そんなあたしの様子なんて見えてへんように、オカンがさらに言いつのる。

「いくら思うてたって、思うてるだけやったらなんにも変われへんねんで、月ちゃん」

いちばんイタイと思うところを突かれた。これでええんやろかと思いながらも、オカンやサク婆やセンセイの真綿にくるまれて、その居心地のよさに、しんどいことを、一日延ばしにしてた日々。

「月ちゃんはな、優しい素直なええ子や。それはお母さんがいちばんようわかってる。でもな、お母さんな、月ちゃんには強くなってほしいねん。優しいだけやなくて、強い人間に。いろんな人と外の世界で交じり合って、その中でも、ひとりでシャンと生きていけるような人間に」

強くて、ひとりでシャンと生きていける人間、それはまるでオカンのこと。あたしはオカンの娘やのに、なんでこんなにあかんたれなんやろう、と、いつも胸の中にあったジクジクとした思いが、その言葉に吹き出してくる。オカンみたいになりたいのに、できへんあたし。

「そんな……そんな簡単に言わんといて。みんながお母さんみたいに強いわけやないもんっ。お母さんには、あたしの気持ちなんてわかれへん！」

「月ちゃん、どうしたん」

オカンがなだめるようにあたしの手を取ろうとすんのを振り払う。

「さわらんといてっ」

これ以上、あたしのイタイとこに、さわらんといてっ。

オカンの顔色も変わった。あたしとは反対に、紙みたいに白く。せやけど止まれへん。

自分の痛みをオカンに跳ね返すような気持ちで、どんどん言葉があふれてしまう。

「だいたい何よ。お母さん。月ちゃんの好きなようにしたらええ、無理することないって、いままでずっと言うてたくせに。急にそんなこと。ひとりで生きていけやなんて」

取り成すタイミングをつかめんと、オロオロした様子の捨て男が目に入ってくる。

「わかった……捨て男が現われたからや。捨て男がおるから、家でゴロゴロしてるあたしのことが邪魔になって……ほんで、急にそんなこと言い出したんとちゃうのん⁉」

バシンとすごい音がした。

じんじんしたほっぺたの痛みで、たたかれたんやとわかった。

目の前には真っ赤な顔で、歯を食いしばったオカン。まるで、自分がたたかれたみたいに。

みるみるオカンの目にたまってくる涙。それがこぼれる前に、くるりと踵を返してオカンが茶の間から出ていった。もう何も言わずに。かたくこわばったその背中。残されたあたしは、ほっぺたの痛みがじんじんと心まで痛くするんを感じながら、しばらくその場所に座り込んでた。捨て男の、大丈夫か月ちゃん、と言う声や、心配そうにひざにすり寄ってくるハチの気配もまるで感じてないように。

その晩は眠られへんかった。無理やり目を閉じても、オカンの言葉や、バシンという音や、オカンの目にみるみるたまった涙や、そんなもんが頭の中をぐるぐる回り、熱帯夜のときにするような重たい寝返りを打つばかり。眠れんままに、もう真夜中。まだ肌寒い夜やのに、変な汗まで出てきてしもて、気づけば喉もカラカラで。冷たい水でも飲んで、ちょっと頭を冷やそ。もぞもぞ寝床を這い出したあたしに、足元の布団の上で丸まってたハチもムクッと顔を上げる。あ、ごめんよ、ハチ。よう寝てたのに、起こしてしもたな。あんたは寝とり、と声かけたけど、ハチは眠気を覚ますように、ぶるんと頭をひと振りして、あたしのあとをついてくる。

隅々まで、冷えた夜の気配にすっぽり満たされた真夜中の廊下。とっぷりと静まり返ったゼリーのような空気を揺らさんようにそろそろと台所に入ってったら、裏庭に人の気配。一瞬、泥棒かと体がこわばったけど、目を凝らしたら暗がりでも目立つその赤シャツは捨て男に違いない。

ぴくりとも動かへんその後ろ姿におそるおそる近づいていったら、一心に手を合わせてる様子の捨て男。その肩が小刻みに震えてるような。

捨て男のまわりのしんと張り詰められた空気を乱したらあかんような気がして、そのまま声はかけんと、そおっと部屋に戻ろうとした。

一緒に下りてきたハチが、どないしたん？　ねえちゃん、と足元で見上げてるのに、しい〜っ、部屋に戻ろう、と身振り手振りで合図した。けど、さすがにその気配で振り返った捨て男……、泣いてた。

「月ちゃん、起きてたんか」

ちょっと慌てたふうにシャツの袖《そで》で目をぬぐいながら、ぎこちなく笑う捨て男。

お月さんの光がしんしんと、捨て男の上に降る。

「ちょっと喉渇いて」

自分のいつもの声が、夜の静けさに響いて違う音色に聞こえる。

「ほんだら、ちょっと一杯やる?」

くいっと杯を上げる仕草の捨て男。

どないしょう。でも、どっちにしても眠れそうにない今夜。ちょっとお酒でも飲んだら、このグルグルにもつれてしもた自分の気持ちがほぐれる糸口が見つかるんかも……そう思たけど、今日の晩の、みっともない自分の姿……自分の弱さを捨て男のせいにしてごまかそうとした自分、それが頭に浮かんで、すぐには返事できへんあたし。

そんなあたしの空気にはまるで気づかんように、あたしの返事も待たんと、よっしゃ、夜中の月見酒としゃれこも。飲も、飲も、何飲む? 缶ビールでええ? 取ってくるわ、と言いながら台所に入っていく捨て男。

冷蔵庫を開ける捨て男の肩越しに見える明かり。夜中の冷蔵庫って宇宙船みたい。電気をつけけん真っ暗な台所に、そこだけぽっかり扉の向こうから漏れる黄色い光。

キンキンに冷えた缶ビールを二本持って縁側に戻ってきた捨て男。ほいよっと渡された缶のプルトップをプシュッと開けて、ちいちゃく乾杯。

こうして捨て男が家の中におるってこと、だいぶ慣れたような気もすれば、やっぱりなんか変な感じもする。とくにこんなふうに真夜中にふたり並んで縁側に座ってたりすると。なんでこの人とあたし、ここにふたりで座ってるんやろうって。でも、オカンの旦那になるってことはあたしのお義父《とう》さんになるってこと？　そう思うとさらに妙な感じ。思わずしげしげと捨て男を見る。

「何？　今日も男前？」

ポーズを作ってニカッと笑う捨て男。さっき泣いてたんは見間違いやろか。でも、そんないつもと変わらん捨て男の様子にあたしも、やっと普通の声が出る。

「いや、男家族ができるんやと思たら、なんか不思議な気がしてさ」

「え、月ちゃん、俺のこと家族って認めてくれたん」

なんでこの人、こう照れもせず手放しでうれしそうな顔ができるんやろ。

「認めるもなんも。オカンは言い出したら絶対きかへんしさ」

なあ、ハチ、とそばで寝そべるハチの背中をなでる。尻尾だけがパタンパタンと返事する。

「陽子さんのそういうとこがまたええなぁ」

と目尻を下げる捨て男。このわかりやすさ。この人いくつやねんやろ。そう言えば年も知らん。

「捨て男って、年いくつ？」

「今年三十」

うそ！　あたしと五つしか変われへんやん。そんな若い人がもうすぐお義父さん？

「三十やなんて、オトウサンっていうより、オニイチャンやん」

「娘もええけど、妹もええなあ。俺、ずうっと兄妹欲しかったんや」

「え？　でも名前はケンジやろ？　次男坊かと思うてたけど」

「ちゃうちゃう。俺の研二は沢田研二の研二。オカンがジュリーの大ファンやったからさ」

「ははは、それまた軽いオカンやなあ」

なんか捨て男のオカンらしい、と思わず笑うあたし。

「うん、ほんまに軽いオカンでなあ。俺のこと産みっぱなしでどっかに行ってしもたんや」

あはあは笑う捨て男。

あたしの笑いがこわばった。そうや、おじいさんとふたり暮しやったって聞いてたのに、そこには事情があるはずやのに、自分の考えの浅いのんがいやんなる。

「ごめん。しょうもないこと言うて」

慌てて謝ったあたしに、

「いやいや、ええよ。ほんまのことやし」

と、顔の前で手を振る捨て男。

結婚に反対した捨て男のおじいさんを振りきるようにして捨て男のお母さんが家を出たのは、まだ捨て男のお母さんが十八のときやったらしい。捨て男のお母さんのお母さん、つまり捨て男のおばあさんとも早くに死別して、捨て男のお母さんを男手ひとつで育ててたおじいさんには、青天の霹靂《へきれき》やった。

今日か明日かと、それでも捨て男のお母さんからの連絡を待ちわびてたおじいさんの前に、まだ三つになるかならんかの捨て男の手を引いて捨て男のお母さんが現われたんは、家を出てから五年も経ってからやった。うれしさと戸惑いと腹立たしい気持ちで、すぐに言葉が出えへんおじいさんに、つないでた捨て男の手を押しつけるようにして、違う人と一緒になることになってん、その人、子供嫌いやから、この子の面倒、お父ちゃんが見たって、とまくしたて、引き止める間もないうちに、少し離れてたとこに待たせてたタクシーで走り去ってしもた捨て男のお母さん。

捨て男はそのときのことはあんまり覚えてないんやけど、タクシーを降りたときにお母さんが捨て男の両肩に手を置いて、捨て男の目をじいっと見ながら言うた言葉は覚えてた。

ケンちゃんは今日から、おじいちゃんと一緒に住むねんで。おじいちゃん、板前さんっていうて、料理を作る仕事してはるからな、おいしいもん、毎日食べさせてもらいや――。

それ聞いて、そうかあ、これから毎日、おいしいもん食べられるんやぁとうれしかったんや俺、呑気《のんき》なガキやろ？と笑う捨て男。あたしも一緒に笑おうとしたけど、うまくいかへん。

「おじいはんはな、孫の俺が言うのんもなんやけど、格好のええ人でな。しゃきっとしてて、曲がったことは大嫌いで、頑固で。ほんでも情が厚うてなぁ。浪花節《なにわぶし》を絵に描いたような人やった」

ほんまにおじいさんのこと好きやったんやろうなぁというんが、捨て男のあったかい声の調子からにじんでる。

「俺のオカンが言うたんはほんまで、毎日、そらおいしいもん食べさせてくれたわ。でっかい魚を手品みたいにきれいにさばくん見て、格好ええなぁって思た。俺も大きなったら板前になりたいなって思た。いっつも魚さばく前は必ず手を合わせてて、おじいはん何してんのんって聞いたら、食べるっていうことは命をわけてもらうことや。大事な命をわけてくれておおきにって感謝のしるしでこうやって手を合わせるんや。ケン坊もな、食べる前にはちゃんといただきます、食べたあとにはごちそうさまって手を合わせるねんぞ。命をわけてくれたもんと、それを作ってくれたもんに感謝の気持ちを忘れたらあかん、ほんで、絶対食べもんを粗末にしたらアカン、ってよう言うとったわ」

「ええおじいさんやね」

食べるということを大事にする人間を、あたしも尊敬する。

「うん。ほんまにええおじいはんやった」

ちょっと捨て男の声が潤む。

「ええおじいはんやったのに……俺のせいで死んだようなもんや」

絞り出したような捨て男の声の調子に、一瞬なんて言うたらええんかわからへんかったけど、やっぱり訊いてしまう。

「それ、なんでか訊いてええ?」

両手でビールを持ってた捨て男の指に一瞬力が入って、手の中の缶がしなる。パコンという乾いた音に、寝そべってたハチがびくっと起き上がる。

「話すのつらかったらええねん、ええねん」

慌てて自分の言葉をかき消そうとしたけど、自分の手元に目を落としてた捨て男が顔を上げる。

「いや、聞いてもうといたほうがええねん。月ちゃん、僕の家族になんねんもんな」

そう前置きして捨て男は話し始めた。

おじいさんが事故に遭うて入院してたとき、捨て男はお店も開けててんけど、病院に通いながらのひとりでの切り盛りはやっぱりきつい。そんなとき、事情を知った調理師学校時代からの連れが、しばらく手伝いに来てくれることになった。

「息が合うって言うんかなぁ。長年の漫才の相方《あいかた》みたいにぽんぽん言葉がとんでなぁ。お客さんらからも、板前やめてふたりでコンビ組めってよう言われたわ」

人当たりもようて、料理の腕もええ、真面目な仕事ぶりのその連れに、退院してきて、しばらく現場監督のように店に出てきた捨て男のおじいさんも感心してたらしい。えらいめっけもんや。このボンがおらんかったら、わしの退院の前にこの店つぶれとったなあと言うぐらい。

捨て男もおじいさんも知らんかった。その連れがじつは桁違《けた》いのギャンブル狂で、ほうぼうに山のような借金をこしらえてたことを。

ある日、その連れから相談された。自分の店を出したいと。まだ二十代半ばやそこらでそれはちょっと早いんとちゃうか、と言う捨て男のおじいさんの言葉にも、いや、ものすごい出物があるんですわ、これを逃したら一生自分の店なんて持たれへんかもしれん、と言うその連れ。どれどれと詳しいことを聞いたら、確かにその物件でその値段は信じられへんな、と捨て男もおじいさんもうなった。

で、その連れは、その頭金の保証人になってほしいと捨て男のおじいさんに手をついた。いくら孫の仲のええ連れやというても、そんなにまだよう知らんもんの借金の保証人にはなれんといちどは断わったおじいさんやったけど、一国一城の主《あるじ》になりたいんです、早く立派なカタチつけてお母ちゃんを安心させてやりたいんです、と泣かんばかりに手をつくその連れに、おじいさんはついにうなずいてしもた。

うなずいた翌々日にはもう、銀行の人と不動産手続きの弁護士やという人が店にやってきた。

地味なグレーのスーツを着た温厚そうな丸顔の自称銀行員も、ぱりっとした紺のスーツにメタルフレームの眼鏡を掛けたいかにも頭が切れそうな自称弁護士も、どっちも街《まち》金《きん》の取立て屋やったなんて思いもよらへんかった。一生恩に着ます、と泣かんばかりの捨て男の連れの様子に、おじいさんもこれでよかったんやと思うたらしいのに。

さあ、こちらにご署名を、こちらにご捺印《なついん》を、と流れるように言われるままに署名をして判子を押した。その書類は頭金の保証人なんかやなくて、その連れの借金の肩代わりの書類やった。五千万円もの借金の。

連れが姿を消したんはそれからすぐ、えべっさんの次の日やった。店を抜けてえべっさんに行ったおじいさんが、商売繁盛の笹《ささ》を今年は二本抱えて戻ってきた。

いやあ、今年の福娘は別嬪ぞろいやったわと言いながら、一本をいつもの神棚の横に、もう一本を調理場の連れに渡したおじいさん。まだちょっと早いけど開店祝いや、気張って繁盛させや、って言いながら。おおきに大将って言いながら笹を受け取る連れの手が、小刻みに震えてた。

次の日、仕込みの時間が過ぎても、開店の時間が来ても連れは現われへん。携帯にかけてもつながらへん。おかしいな、どないしたんやろう、と首をかしげてたら、連れの代わりに現われたんは、このあいだの銀行員と弁護士やった。

ただ、今度はこのあいだと似ても似つかん派手なスーツに身を包んだ、どう見てもその筋の人のなりやった。一瞬にして最悪のことが起こったんを悟った捨て男とおじいさんやったけど、ほんまなぁ、俺そういうときも能天気なんか、黒のスーツの血みたいな真っ赤なストライプの色を見ながら、やくざってすごい演技力やなぁとかって思うててん、と笑う捨て男。

ほんでもそんなに呑気なことを思えてたんはその日までやった。明くる日から始まった修羅のような日々。鳴りやまん電話。店先にまかれた汚物。べたべたと店の入口に貼られた金返せのビラ。ただでさえ大きくない店を大勢で陣取り、いやな顔をするお客には誰彼なく喧嘩を売りまくる強面《こわもて》の男たち。最初は負けたらあかんでと言うてくれてた常連のお客さんらの足が遠のいたんも、あっという間やった。

十四で板前を目指してから、つらい修行や、爪に火をともすような生活や、伴侶の死、娘の出奔と、いろんなことをくぐり抜けながら、なんとか守ってきた自分のちいちゃいお店。聖域のようなその空間に充満するきつい整髪剤とコロンとタバコのにおい。

「じじい。金払われへんねんやったら、早うこの店出ていけよ」

「こんな店、借金のカタにもなれへんけど、シルバー割引で負けといたるわ」

「そうそう、こう見えても僕らお年寄りには親切やねんで」

口元にゆがんだ笑いを張りつかせて、おじいさんに迫る男たち。

カウンターの椅子にふんぞり返ってたひとりが一段と声高に笑いながら、その土足の足をひょいっとカウンターの上に上げた。カウンターはお店の魂がこもってるんやと、おじいさんが毎日清めるように手入れしてたその白木のカウンター。そこに真っ黒の靴墨がぬめるようについた土足の足がのっけられてる。

ブツン。捨て男の頭で何かが切れる音がした。気ぃついたら男たちに、しゃにむにおどりかかってた。うおお〜と吠えるような声出しながら。目の奥にどんどん広がってく赤い色。ああ、血い出てるんかも俺って思いながらも、無茶苦茶に振り回してた手を、後ろ手にぎりぎりとねじ上げられた。このガキ、手ぇ使いもんにならんようにしてこますぞ、と言う声が遠くに聞こえる。

はあ、やっぱりプロはちゃうなあ、と遠なってく意識の中で捨て男は思うたらしい。


どれくらい意識なくしてたかわからへん。ガタガタいう音で捨て男は目が覚めた。店の奥の座敷で顔に冷えたタオル当てて寝かされてた。暗い中、目を凝らそうとするけど、一向に目が慣れへんのは、目が腫れ上がってるかららしい。手で自分の顔をなぞってみるけど、触ってる感覚も触られてる感覚もはっきりせえへん。

まいったな、男前がわやくちゃやがな、とつぶやきながら起き上がる。背中から激痛。口の中に鉄の味が広がる。はあ、顔だけやのうて、あちこちわやくちゃか。

そやけど、おじいはんはどうしたんやろう、無事なんやろか、もしや俺のせいでおじいはんまでボコボコにされたんとちゃうやろか、と不安が喉からせり上がる。ドクドクといやな音をして、自分の血が耳のそばで逆流するような気がした。ふらふらしながら必死で立ち上がった捨て男が転がるようにして店をのぞいたんと、おじいさんが椅子を蹴ったんはほとんど同時やった。
　自慢にしてた店の天井を通る丸太の太い梁《はり》からロープが垂れてた。おじいはん！と叫ぶようにして飛びつき、その身を抱える。すぐやったはずやのに、もう泡を吹きながら半開きになったおじいさんの口からごぼごぼと流れ出る吐瀉物《としゃぶつ》には、血も混じってる。ぽたぽたと不吉な染みがおじいさんの前掛け、その真っ白な前掛けにとぶ。白目を剥《む》いたおじいさんを腕に抱きかかえながら、永遠のような気持ちで救急車が来るのを待った捨て男。

　一命は取り留めた。ほんでも、おじいさんの心はそのままどっかに行ってしもた。三日して意識が戻ったときには、捨て男のことも、お店のことも、自分のことさえも、おじいさんの瞳に映ることはなかった。

　カウンターに書き置きがあった。毎日のお品書きで見慣れたおじいさんの筆書き。最後の最後まで背筋が伸びたような字。

『研二へ、
わしの命で帳尻合わせてくれると言うから保険に入った。こんな年寄りの命で堪忍してくれるんやったら、くれてやる。

わしだけの店やったら惜しゅうない。この店をどうしてもお前に残してやりたかった。たったひとりの孫のお前に。ほかになんにもしてやれん。許せ。

もう一回、一緒に店に立ちたかった。それが心残りと言えば心残りや。

包丁の手入れは怠るな。どんな料理にも心を込めろ。身体をいとえ。

そして、もし娘に、お前のおかあさんの小百合《さゆり》に会うことがあったら伝えてくれ。元気に暮らせと。

最後にもうひとつ。お前は悪うない。誰も悪うない。ちょっと運が悪かっただけのこと。

胸はって生きろ。

祖父、服部幸造《こうぞう》より』

生まれて初めてで、たぶん最後のおじいはんからの手紙はなかなか終わりまで読まれへんかったわ、何回読んでもババ泣きしてもうてな、と話す捨て男の目はいまも赤うなってる。

あたしも耳真っ赤にしてこらえようとしたけど、出てくる涙を止められへんかった。こんなつらい話をさせる権利があたしにあったんやろか。ただ知りたいっていうだけで。

「ごめんな……つらいこと……話させて」

あたしのとぎれとぎれの湿った声が夜の中に消えてく。

「いや。いつかは話さなあかんって思うててん、俺も」

月の光に白く照らされた捨て男の横顔。

オカンの横顔、捨て男の横顔。いろんな人の横顔を見る晩やなあと思う。

「それに、今日はおばあはんが背中押してくれたんかもしれん」

と捨て男。

「おばあはん？」

「うん、家政夫してた先の。今日が初七日やねん」

ああ、それでさっきお祈りしてたんか。

「おばあはんな、じつはうちのおじいはんのコレやってん」

小指を立てておかしそうな目をする捨て男。

ああ、こうやって、いままでばらばらに見えたパズルの絵がどんどんはまっていって、全部の絵が見えてくる。

「よう、うちの店にも来ててんわ。結婚しようかって話もだいぶん前に出たみたいやけど、向こうはお金持ちの未亡人さんやったから、家族の大反対におうてもうてなぁ」

おばあさんが亡くなりはったとき、慌てて捨て男を追い出したという家族のシルエットが、黒く塗りつぶされたようなイメージで頭に浮かぶ。

「まあ、そういうときには口出しても、普段は電話の一本もないような家族やったから、おじいはんとのつきあいは、ばれてからも別段変われへんかってんけどな」

男は強く、女子供を守るもの、というのが信条やった捨て男のおじいさんは、街金の取立て屋が正体を現わしてからすぐに、おばあさんに電話をした。嘘の電話を。

自分の回帰祝いと留守中がんばってくれた研坊の慰安をかねて、半月ほど温泉に行ってくると。元日以外、店を閉めたことのないおじいさんのその言葉に、おかしいなと思うたおばあさんやったけど、いや、ついでに小百合にも会うてこようかと思うてと言葉を継いだおじいさん。

その、居所もわからない娘に、ほんまに最後に会いたかった気持ちから出た嘘やったんかもね、と、あとでおばあさんが言うてはったらしい。

戻ったら電話するからと言ってたおじいさんやったけど、半月が過ぎても連絡がない。二十日《はつか》が過ぎ、しびれを切らして店に電話をかけても、捨て男の携帯にかけてもつながれへん。慌てて店に行ってみたら、店の前には一枚の張り紙。

『閉店中』

開店中やなくて閉店中。けったいな言葉。それも見慣れたおじいさんの達筆やなく、チラシの裏のような紙にサインペンの殴り書きのような文字。何かとんでもないことが起こったのをおばあさんは悟った。店のご近所の戸をたたいて、ほんまにお気の毒にねえ、と眉を寄せる顔から、おじいさんの自殺未遂を耳にしたときは、おばあさんもその場にヘナヘナと崩れてしもたらしい。

「病院でおばあはんに泣いて責められてなぁ。なんであたしに言うてくれへんのんって。でも、おじいはん、俺と一緒でええ格好しいなとこあったしな。惚れた人には格好悪いとこ見せたなかったんやと思うわ。それに、おばあはん、変にお金持っとったからなぁ。それをあの街金の連中にかぎつけられてたら、おばあはんまでえらいことになってたかもしれん。おじいはんはそれもわかってたんやと思うねん」

ゆっくりと紡ぐように言葉を継ぐ捨て男の声を、ただただ黙って聞くあたし。

「風邪ひとつひいたことない頑丈なおじいはんやってんけどな、認知症ってこわいな。身体まで、どうやって丈夫になったらええんか忘れてまうんかな。インフルエンザから肺炎こじらせて、あっという間におじいはん、死んでしもたんや」

また捨て男の指に力が入ったんか、缶がパコッとへこむ音。つぶれた缶を握る手には関節が白く浮いてる。

「おじいはんの葬式終わってな、その小さい骨壺《こつつぼ》抱いて、店に行ってみたんや。ほんだらもうすっかり取り壊しが始まってて、入口の枠なんかは取り外されとった。はあ、プロはやっぱりすごいなあってな、また俺思うたわ。電気のつかへん店の中に入って、カウンターだけになった店見たら、ちいちゃい店やのに妙に広う見えてな。隅にどろどろになった鉢巻が落ちててん。それ拾て、気ぃついたら、靴脱いでカウンターにのぼって、梁にロープ回してて俺」

え、そんな、と思わず捨て男の首元に目がいく。

「っていうても、あんまり覚えてないねん。ほんまに。いま思い出しても自分に起こったことやないみたいで。俺あんとき、身体半分、あっちに行きかけててんやろなぁ。火葬場でいやあな暗い目して、ろくに返事もせん俺見て、おばあはんが心配であとつけてきとったんや。びっくりしたわ。いきなり、研ちゃん！ってすごい勢いで飛びつかれてなあ。おばあはん、どっから出てきたんやろって。またすごい力でバシバシどつかれてなあ」

いまでもその痛みがあるように、自分の頬をなでる捨て男。

「研ちゃん、幸造さんから何習うてたんや、いっつも言われてたやろ、わけてもうた命に感謝せいって。あれは料理だけのことやないで。研ちゃんの身体には幸造さんの命も流れてるんや。幸造さんから研ちゃんにわけた命や。その命を粗末にするなんて、わたしが許さん、絶対許さんってな、すごい勢いやったわ、おばあはん。半分向こうに行きかけてた俺のこと、呼び戻してくれはった」

ほんでも、こんなことになったんは全部自分のせいや。俺さえおらんかったら。おばあはんにもこんなつらい目させて、と崩れる捨て男に、バカタレ！　あんたがおらんようになっても、幸造さんもお店も帰って来《け》えへんっ、私に悪いと思うなら、しっかり生きて。ほんで幸造さんが研ちゃんに伝えた料理を、もう二度と食べられへん幸造さんの手料理を、研ちゃんがあたしに作ってちょうだい、と捨て男の両肩をつかんだおばあさんの指は痛いほどやったって。

いっつもおじいさんの横で静かに笑ってるだけやったおばあさんに、こんな強いとこがあったんやなんて。どっかにフワフワと漂うて消えてしまいそうになってた捨て男をしっかりつかんで、もういっぺんこの世界につないでくれた強い力。

どっちにしても行き場がなかった捨て男。落ち着きどころが見つかるまでのつもりで、お世話になることにした。

「家政夫いうても冗談みたいなもんで。まだまだ達者やったおばあはんは、身の回りのことは全部自分でするし、俺は料理をするぐらいで、反対に面倒見てもうて、孫みたいに可愛がってくれてなあ。俺、できること言うたら料理するぐらいやろう。ほかに何かおばあはん、喜ばせられへんやろかと思て、前から大ファンやって聞いてたジェームズ・ディーンみたいな格好でもして笑わせたろと、ちょっとした冗談みたいなつもりでしたんやけどな。おばあはん、涙流して笑い転げて喜んでくれてな。似ても似つかんって。かいらしなあって、おじいはん、女見る目あるなあって思うたわ。まあ、俺も女を見る目はあるけどさ」

えへへ、と照れ笑いする捨て男の優しい目。

「でも人間ってわからんなあ。あんな達者に見えたおばあはん、脳溢血《のういっけつ》であっという間に逝《い》ってしもたもんなあ。前の晩に俺の煮たひじきを食べて、幸造さんが作るのとおんなじ味やってうれしそうに笑うてたのに」

そこにおばあさんの姿が見えるかのように、空を仰ぐ捨て男。

「お通夜にも出させてもらえんで、あんなに世話なったおばあはんにきっちり手ぇも合わされんでな。あっという間に追い出されて。ほんま、ええ年した男が捨て犬のような気分になってしもて」

どこに行こうかと途方に暮れた捨て男の頭にふと浮かんだのが、『福耳』やった。

ほんで、そこでオカンとばったり会うたんや。やっぱり何かが引き合うたんかなぁ。

大事な人を立て続けに亡くしてしまった捨て男。心を一瞬で凍らせてしまう、死というものの冷たい影。思わず、かたわらのハチの背中にさわる。毛皮を通して手のひらに伝わってくるハチの温かさにほっとする。生きてるって、あったかい。当たり前のことが心にしみる。

ふぅぅ、と長い長い話を吐き出しきってしまうように捨て男が息をついた。

想像してたよりも、ずっと重いもんを背負ってた捨て男。いま聞いた話のその重さを、何か気の利いた言葉でちょっとでもやわらげたいと思うのに、頭に浮かぶ慰めの言葉はどれもこれも取って付けたようで、口から出て来《け》えへん。

つらいことようさんあったのに、それを見せへん捨て男。捨て男のそんなとこが好きやって言うてたオカン。優しくて強い人間。思うたら、それは捨て男だけやない。オカンも、そしてサク婆も、あたしのまわりにいてる人は、みんな重いもんを背負いながらも、それを見せへんように笑うてる。強い笑顔で。

そして、自分を思う。その優しさに、その強さに、ずっと守られてきた自分に。守られてばっかりの受身の自分に気づく。

気づいたとたん、震えのようにあたしの中にわき上がってきた気持ち。

強くなりたい。強くなって、あたしの大切な人たちを、今度はあたしが守れるぐらいに。

頼りない筏《いかだ》に乗って流されてくだけのような自分の最近を改めて思う。変わってゆくまわりの景色をぼおっと眺めるだけのような日々。時間はこうしてるうちにもどんどん流れてく。もう、そろそろ自分の腕で水をかかなあかん。自分の向かう方向を自分で見ながら。たとえたどりつくとこは一緒やったとしても。

また黙ってしもたあたしを気づかうような捨て男の声。

「ごめん、ごめん。せっかくの月見酒やったのに、湿っぽくなってしもて。俺、しょうもないことベラベラしゃべりすぎたな」

そんなんちっとも、とかぶりを振ってから、捨て男に向き直る。

「ありがとう」

え？　と、あたしの急に改まった口調にびっくりした顔の捨て男に、

「ほんまに、ありがとう」

と重ねて言いながら、ぺこりと頭を下げた。ありがとう、話をしてくれて。ありがとう、こうして、あたしの背中を押してくれて。そしてありがとう、あたしとオカンのそばにいてくれて、と。ありがとうの理由まで口にしたら、また泣いてしまいそうやったあたしの隣で、

「ようわからんけど、まぁ、ええか」

と捨て男は笑うてた。いつものニカニカ笑いで。


それにしても夜空に浮き上がるようなきれいなお月さん。お月さんも笑《わろ》てるみたい。今晩、何度目かわからんぐらい、また見上げる。捨て男も、いつの間にか起きてお座りしてるハチも、一緒に見上げてる。

裏庭にやわらかく降る白い月の光が積もるような晩やった。
それはあたしの心の中にも降り積もり、明るい光をともすような。

第六章　つるかめ

翌朝、おはようと起きてったら、赤シャツにリーゼントの捨て男は消えてた。リーゼントの代わりにちょっとロン毛ぎみの髪をポニテにして、ふつうの白いTシャツを着た捨て男。前掛けはいつものままやったけど。せっかく慣れかけてたのに、また新しい人間が家に来たみたいやった。おはようさん、と笑う顔は、そのままやったけど。

オカンはまだ起きてきてなくて。どうやって謝ろうかと、気がもめる。捨て男の絶品朝ご飯のええにおいにも食欲が反応せえへん。これは重症や。だって、オカンにたたかれたなんて、子供のとき以来。昨日の晩は強くなろうなどと簡単に決心してたけど、わが家の最強の女、オカンを思うと、その決心も何やら萎《な》えてしまい、あたしの気分はかなりドナドナ。

しばらくしてやっと起きてきたオカンは、やっぱり超不機嫌。天パのくるくる頭はいつも以上に爆発し、寝不足らしい赤い目をあたしと合わせようとせえへん。う、くじける。

あたしだけやなく、台所の捨て男にも目もくれず、おはようもいただきますもないまま、あたしの隣で黙々と朝ご飯を食べ出したオカン。

ぽりぽり、もぐもぐ、ごくごく、と、オカンが朝ご飯を食べる音が茶の間に響く。

こんなお天気のええ朝で、顔もゆるむようなあったかい光の中やのに、あたしとオカンのあいだの空気は冷たく張り詰めてしもてるみたい。壁の時計がチクタクいう音と、あたしのドキドキが重なってくる。

がんばれ、あたし。早う、謝ってしまわな。

深呼吸して、やっとオカンのほうに向き直る。

「あのぉ……昨日の晩はごめんなさい……」

ようやくモゴモゴと切り出したあたし。オカンはちらっと横目であたしの顔を見ただけで、また手元に目を戻す。

「あんな、思うてもないこと言うてしもて……」

それでも、まだ知らん顔のオカン。あたしの声なんて聞こえてへんみたいに。

返事の代わりに、オカンが思いっきりたくわんをかむ音。ぽりぽりぽり。

どないしょうと泳いだ視線を、台所から、そのやりとりを見てた捨て男の目がつかまえる。がんばれってその目が言うてる。

もう一回、深呼吸。胸の中から言葉を押し出す。

「あたし……いろいろ考えてんけど………、ついてってもええ?」

そこで、やっとオカンが顔を上げて、あたしのほうを見てくれた。その目を逃さんようにとらえて言葉を続ける。

「衣裳合わせに、あたしもついてってもええ?」

オカンの充血した目が、大きく開く。

「あたし……ついて行きたい。あたしのたったひとりの家族の、たったひとりのお母さんの大事な日やもん。やっぱり、一緒におりたい。……がんばってみるから……ついて行かせて、お願いっ！」

最後は叫ぶように言うて、ぺこりと頭を下げる。

次の瞬間、座ってたオカンの気配がふわりと動いたと思うたら、あっという間に抱きつかれた。

その突然さと、ぎゅうっと回されたオカンの腕の強さに、身じろぎもできへんあたしやったけど、

「うれしい……うれしい……うれしいっ」

とオカンはさらに力を込めてくる。オカンのほんまにうれしそうな声と、ぎゅうぎゅうと抱きすくめられた気恥ずかしさの中で、あたしは胸が詰まりそうになってた。

オカンがこんなに喜んでくれるやなんて。あんなことを言うたあたしを、こうしてまた抱きしめてくれるやなんて。昨日の晩にはバラバラになってしもたかのようなオカンとあたしの心が、またぴったり寄り添うたのがわかる。テーブルの上の朝ご飯がちょっと霞《かす》んで見えたんは、ホカホカのご飯から立つ湯気のせいだけではなかったはず。

台所では捨て男とハチが目を見合わせてた。一件落着やな、とでも言うみたいに。

そして今日。衣裳合わせの日。

白無垢着たいって言い出した晩からまだ三日しか経ってへんのに、あっという間にオカンが手配した。さすが、鉄は熱々のうちに打ちまくらな気が済まんオカンやなあ、と、その素早さに感心する。

あたしの気持ちはもう決まってたけど、昨日になって、やっぱり心配してくれたんやろう捨て男とサク婆が口々に、やっぱりタクシーで行こうかとか、無理やったら家におりよし、代わりにちゃんと見てきたげるとか、写真もいっぱい撮ってくるしとか言うてくれ、いままでやったら、そやなぁ、やっぱり、この次にしとこかなぁ、と甘えてしまうあたしやけど、今回はちゃう。決めてんもん。オカンとも約束したんやもん。それより何より、予行演習とは言うてもオカンが花嫁姿になるんやし。その場に絶対おりたいもん。心配顔の捨て男とサク婆に、自分でも驚くほどキッパリと、大丈夫、がんばらせてって言えた。自分の口から出た大丈夫という言葉が、幸運のおまじないのように心に余韻を残す。

とは言うても、やっぱり緊張はする。前の晩は珍しく夜中に目が覚めた。静まり返った家の中。ふと隣を見ると、仰向けでお腹丸出しで、ぐうすか眠ってるハチ。おいおい、ねえちゃん、こんなに緊張してるっていうのに、天下泰平やな。

夢を見てるんか、前足がひょこひょこと動いて、口元をむにゃむにゃさせてる。

しんとした夜の空気の中、ハチの寝息だけが聞こえる。

暗い部屋の中、ふと不安になる。また電車に乗れずにしゃがみ込んでしまう自分の姿が浮かんでくる。明日、大丈夫かな？　そう思うたあたしにこたえるように、ぐっすり眠ったハチの鼻が鳴る。スピスピ〜。その間抜けな音に、緊張してた気持ちがゆるむ。ははは、そうやな、大丈夫やな、とハチがこたえてくれたかのように、その鼻面をそっとなでてやる。眠りながらも気持ちよさげに目を細めるハチ。そうやな、大丈夫、大丈夫、とくり返し思いながら、スゥスゥという平和なハチの寝息が自分の呼吸の音とだんだん重なって、いつの間にか眠りに落ちてたあたし。

今朝はかなり早めに目が覚めた。ハチの散歩のときから落ち着かへん気持ちが出てたんか、ねえちゃん、どないしたん？と何度もハチが振り向いてた。

ほんでも、緊張してたんはあたしだけやなかったみたい。

散歩から帰ってきたら、テーブルには珍しく焦げた捨て男の目玉焼き。

「いやあ、なんか、ちょっと手元が狂うてさ」

と、えへへ笑いの捨て男の目は、寝不足なんか、腫れぼったいし。

洗面所からはオカンの叫び声。

「顔切れてしもた～」

かみそり片手に飛び出してきたオカンの鼻の下にちっちゃな切り傷。

「急にうぶ毛が気になってんもん」

って言うけど、普段、顔のうぶ毛そりなんてしたことないのにさ、オカン。

わが家に充満する緊張感。

緊張してないんはハチだけやったかも。

用意にうろうろ歩き回るあたしらを見て、ふわあっておっきい口開けてあくびしてた。

それぞれ大騒ぎしながら用意も済ませ、いよいよ家を出る時間に。

うう、緊張する。今日もアカンかったらどうしょう。

ドキドキする自分の気持ちに耳をすます。大丈夫かな？　どない？　こわいドキドキだけやなくて、遊園地に行く前みたいなワクワクの入ったドキドキみたいや。よしっ、今日こそ大丈夫かも。靴を履いてから、携帯を開ける。センセイからのメールをもう一回見る。

『つるかめ　つるかめ』

昨日の晩、今日のことを話したら、僕も一緒に行く、と最初は言うてはったセンセイやったけど。格好悪いとこ見られたないのが半分、もう充分大げさやのにこれ以上大ごとにしたないのが半分で、断わった（ほんまはね、ちょっと一緒についてきてほしかったけど）。

ああ、お嬢ちゃんの初めてのお使いには一緒に行きたかったのになぁ、と大げさなため息つくセンセイに、可愛い子には旅をさせてよ、と笑《わろ》たあたし。

ほんだらな、もし、しんどなったらな、つるかめ、つるかめって唱えんねんで、と真面目な声のセンセイ。

つるかめ? 何それ。すっとんきょうな声を出したあたしに、げんの悪いことが起きそうなときに唱えたら、悪いこともええことに変えるおまじないや、とあくまでも真面目な声で言いつのるセンセイ。うちのひいじいちゃんから教えてもうたと。僕も緊張したらよう唱えると。

いっつも大人で常温のセンセイが真面目に『つるかめ　つるかめ』って唱えてる姿は可笑しい。そんなかいらしいとこあるんや。フフフと笑う声に、そんなセンセイへの愛しい気持ちがあふれる。

つるかめ、つるかめ、と、もういっぺん唱えてパタンと携帯を閉じる。

今日はいつものお出かけとはちょっとちゃうってわかるんやろか、普段はお座りして見送ってくれるハチが、一緒についてきたそうな様子で足元にまとわりつく。

そんなハチを、おねえちゃん行ってくんで、と、ひとなでして玄関を出る。

がんばって！とでも言うように後ろでちいさくワンッと吠えるハチの声に送られて、門の外で心配そうな顔で待ってたオカンとサク婆と捨て男に、お待たせ、と走り寄った。

家から駅まで徒歩十二分。いつものように振る舞いながらも、それぞれが緊張した気持ちを抱いて駅に向かう。

トンネルをくぐり、公園の横を過ぎ、小学校の横を過ぎる。

小学校の桜につぼみが付き始めてるのをみんなで立ち止まって見上げる。春を待つその姿に、みんなの肩に入ってた力が少し抜ける。

桜の季節になったら川べりにお花見に行こう、捨て男の作ったお弁当を持って、と盛り上がる。

駅前の自転車置き場が見えたときに少し耳がちくっとしたような。

つるかめ、つるかめ。

ちょっと速度を落として通りすぎる。大丈夫、大丈夫。

駅はもうすぐ。信号を待ってたら、やっぱりちょっと耳鳴りがするような気がする。

つるかめ、つるかめ。

心配そうに顔をのぞき込んでくるオカン。月ちゃん、大丈夫？

うん、大丈夫。今日は絶対、大丈夫。ショルダーバッグのストラップをぎゅっと握りしめて横断歩道を渡る。手が汗ばんできた。

いつもならこの辺ではもうワンワンする耳の痛みと吐き気に襲われてるんやけど……今日は……大丈夫みたい？　大丈夫！　大丈夫や！

切符も買って、改札を通る。一年半以上ぶりのホームへの長い階段を見上げて息を吸う。さあ、のぼろ。自分に声をかけて、ゆっくり足を踏み出した。光りがあふれて見えるホームへの階段を。

そうして、ここまで来る長い日々が嘘みたいに、気づいたら電車に乗ってた。普通に。いや、普通やないか。電車の座席に座ったら、ふぅと息が漏れた。窓越しの光が毛羽立った座席の布にはねる。うれしかった。ここに戻ってこられたんが。ちょっと涙ぐんでしまう。隣のオカンもグスンと鼻を鳴らす。その顔を見たら泣き出してしまいそうやから、聞こえないふりをする。

もう一生電車にも乗られへんのんやろか、と、布団に潜って泣いた日が嘘みたい。

あたしの世界がまた外の世界とつながり始めた。

携帯からセンセイに短いメール。

『つるかめ効いたよ！　月子』

一年半ぶりの窓の外の景色が流れるように過ぎてくのを、珍しいものを見るように、ひたすらあたしは目で追ってた。


貸衣裳屋さんって聞いてたから、ちいちゃな呉服屋さんのようなとこを勝手に想像してたんやけど、着いてびっくり。ピカピカの白いビルは貸衣裳屋さんというよりも、ファッションビルのよう。広々としたホテルのような受付で予約の確認をする。受付のテーブルの上の花瓶には、薄いピンクのチューリップ。あぁ、こんなとこにも春の気配が、と、気持ちが和む。オカンのうれしそうに染まった頰をうつしたようなピンク色。ちょこんと指先でつついたら、春色の花びらがふんわりと揺れた。

お着物の試着は三階になっております、と係の年配のオバチャンのあとをついて、みんなでゾロゾロとエレベーターに乗り込む。

着いた三階の試着場はフロア一面が畳敷きで、壁に沿ってズラリと白無垢や色とりどりの内掛けが飾られてる。うわぁ、こんないっぱいあったら迷うてしまいそう。

白無垢もええけど、内掛けもきれいやなぁ〜。オカン、内掛けも着たらええのに。いちばん近くにある、目もさめるようなグリーンに金糸銀糸できらびやかな刺繍《ししゅう》が施された豪華な内掛けを前にそんなことも思うあたし。


まずは捨て男の試着から。

陽子さんが白無垢やったら僕はもちろん羽織袴《はおりはかま》かあ、と、オカンが白無垢を着たいと言い出した晩、目尻を下げまくってた捨て男。オカンとバカ殿とか言うてふざけてたけど、あたしのイメージの中の袴姿の捨て男はまさしくバカ殿で、どないなるかとじつはかなり心配してた。せやけど、黒の紋付袴は、ちょっと悔しいほどに捨て男に似合うて、オカンは、研ちゃん、水もしたたる男前〜、といつもの調子で場をわかせ、サク婆も、ほんまや、馬子《まご》にも衣裳や、とその横でうなずいてた。あたしはと言えば、素直に褒め言葉を口にすんのがちょっと恥ずかしい。腕組みしながら、みんなが盛り上がるのを見てるだけ。

そんなあたしに目を留めて、

「月ちゃん、どう？　よう似合うてる？」

と奴《やっこ》さんのポーズで訊いてくる捨て男。満面のニカニカ笑いで。

よう似合うてるよ、とようやく口にする。心の中でもいっぺん繰り返す。うん、ほんまによう似合うてる。

次はオカンの番。

オカンの長い髪を係のオバチャンが手早くぱっちん留めでまとめ、後ろからそっと白無垢をオカンの肩にはおらせる。それだけで、もうすっかりお嫁さんのオカンがそこにおった。ひいき目やなくて、めっちゃきれいやと思うた。

どない？　どない？　と笑うオカンに、サク婆は慌ててハンカチで目頭を押さえ、あたしはオッケーサインを送った。捨て男は……捨て男は一瞬言葉もでえへんみたいで、棒立ちでオカンをひたすら見つめてやった。ああ、このふたり、ほんまにもうすぐ結婚すんねんなっていう実感の波がひしひしと心に打ち寄せる。花嫁の母ってこんな気持ちなんやろか？　ま、あたしの場合は花嫁の娘やけどさ。

捨て男の衣裳合わせのときには、年恰好からあたしが花嫁と思われたみたいで、お婿さん、お着物、よくお似合いですね、とあたしに愛想のええ笑顔で話しかけてきた係のオバチャン。

いや、花嫁はあたしやなくてあっちです、とあたしに指さされて、恥ずかしそうに舌出してたオカン。

そやなあ、どう見てもあたしが花嫁って誰も思えへんわなあって笑うオカンやったけど、そんなことないよ。こうして見てたら、立派な花嫁さんよ。

マザコンと呼びたきゃ呼んで。うちのオカンはめちゃきれい。おまけに気立てもええねんで。ううんと、家事はちょっと苦手やけど。

捨て男、オカンと一緒に幸せな家庭を築いてなって、まだ衣裳の予行演習やのに、あたしの気持ちは変に盛り上がってしもうたりして、おまけにウルウルしたりして。

これやったら、本番どないなることやら。かなんなあ。


お次はいよいよカツラ合わせ。

いよいよバカ殿か、とにぎやかに笑いながら試着室に入る。オカンも初めてなら、あたしもカツラの試着なんてしたことない。こんなことなら映画村にでも行って練習しとけばよかったなぁ、なんて軽口をたたき合う。

大きな帽子の入れもんみたいな箱から出てきたカツラは意外と小さい。

薄紫のエプロンをかけた美容師さんが片手に持って説明する。最近のは軽いですしねえ、それに、高さも横の張りも、花嫁様のお顔立ちに合わせて調節できるんですよぉ、と言いながらどっかのネジを回したら、ぐいんぐいんと髷《まげ》の部分が上下に動いたり、横の張りの部分がブワーンと開いてきたり。

おもしろ〜。ちいちゃい男の子が持ってる合体ロボのおもちゃみたい。ハイテクカツラ、花嫁と合体！てなもん？

そんなしょうもないことを思うてニヤニヤしてるあたしの前で、至極まじめな美容師さんとオカン。箱の中からうやうやしい手つきで出されたカツラがそろそろとオカンの頭にのせられる。ちょっとその顔が青白く見えるんは照明のせいやろか？　それとも珍しく緊張してる？

「痛いとこありませんか？　重さは大丈夫ですか？」

オカンのくるくるの後れ毛を器用に細い櫛《くし》の先でカツラの中にテキパキとまとめながら、美容師さんが鏡越しにオカンをのぞき込む。

返事がない。

オカン、どない、バカ殿は？とあたしも近寄ってのぞき込んで目を疑う。

真っ青なオカンの顔。唇まで真っ青で目の焦点も合うてない。

ちょ、ちょっと気分が悪くなってるみたいです、と言うあたしの声に、慌てて美容師さんがカツラを外してくれる。かろうじて意識があったらしいオカンが椅子からずり落ちるようにして床に倒れ込んだ。

第七章　引き潮

まだオカンは眠ってる。

あれから救急車で島崎病院に運ばれて、そのままずっと意識を失ってる。

緊急処置室から病室に運ばれたオカンを見届けて、いったん廊下に出たあたしを、初老のお医者さんが待ってはった。

「お母さんのことでお話が」

とそのお医者さんが言うセリフが、口を開く前から聞こえてたような気がした。

静かに音を立てへんようにしてるのに、靴音が響く廊下。お前はそこにおんのんわかってるぞ、いまからつかまえに行ったるからな、と何か得体の知れん不吉なもんが後ろから追っかけてくるような気がする。

つかまりたくなくて早足になると、馬鹿にしたようにまた靴音が響く。ほら、逃げられへんぞお、と追いかけてくる。


大きくなったね、月子ちゃん、とお医者さんが笑う。目尻によるしわ。僕のこと覚えてるかな?

いいえ、すいません。

ああ、まだちいちゃかったもんなあ。すっかりお母さんに似てきてびっくりしたよ。

そんな世間話のようなやりとりが続く。そのままそれが続いてほしくて、その次のお医者さんの「話」っていうのから、ちょっとでも遠ざかりたくて、いやいや、母にはあんまり似てるって言われないんです、声はよう似てるって言われますけど、と言葉を急《せ》いたように継いでくあたし。それでも埋めきれへん、言葉と言葉の隙。

その一瞬の隙をついて、さて、とお医者さんが言う。

さて。さてのあとには何が続くんやろう。

失礼します、とお医者さんの部屋を出た。後ろから、月子ちゃん、大丈夫?と言う、気づかわしげなお医者さんの声が追ってくる。

大丈夫?　だいじょうぶ?　ダイジョウブなわけない。

オカアサンハ、ランソウガンデス。

マッキニナッテイテ、ザンネンナガラ、シキュウト、ハイヘノテンイガミトメラレマス。

ゴホンニンモ、ゴゾンジデス。ナガクテ、イチネンデス。

気がついたら壁に寄りかかって、光を失った人のように手探りで前に進んでた。

お医者さんから聞いた言葉は宇宙人の言葉みたいで、あたしの頭でなかなか意味をなせへん。

ガン。マッキ。テンイ。ザンネンデスガ。ナガクテイチネン。

ザンネンデスガ?　残念ですがってこと?　何が残念なん。うちのオカンに残念なことなんて、そんなこと、起こるわけない。何を言うてんのん。

ほんまはわかってる頭と、わかろうとしたない心が、あたしの身体をめりめりと引き裂くようや。痛い。どこが痛むんかわからんような痛みに襲われて、しゃがみ込む。ボタボタと床に落ちる涙。痛い、痛い、痛い、誰か、助けて、助けて、助けて、と、自分の耳に吠えるような声が聞こえた。


ぼんやりと焦点が合った。センセイの顔があった。

あれ、今日はデートしてたっけ。どこにおるん、あたし。

ゆっくりと視野が戻ってくるんと一緒に、朝からの出来事がコマ送りに浮かぶ。電車に乗れたこと。捨て男の紋付姿。オカンの白無垢。カツラ合わせ。救急車。目でまわりを確かめる。病院や。やっぱり夢やないんや。

「しゃあないなあ。母娘で倒れるやなんて。つるかめ、ちゃんと唱えとったか?」

いつもどおりの常温であたしのオデコにちょっと手を置くセンセイを見てたら、母娘で貧血起こして、ちょっと運ばれたみたいや。

子供が病気になっても、子供が心配せんように母親は心配を顔に出せへんっていうなあって、センセイのいつものやわらかい顔を見て思う。

陽子ちゃんはさっき目覚まして、苺《いちご》アイス食べたいって言うから、いま差入れしてきた。ほんま、あの人も子供みたいやなあ、と笑うセンセイ。

不意にこわくなって、オデコに置かれてたセンセイの手を取って思いきり引き寄せる。バランスを崩して前かがみになったセンセイの首にかじりつく。まるで、子供が抱っこをせがむように。センセイから出る戸惑う空気に構わずに、きつくきつく胸を押し当てる。自分がばらばらにならへんように。大切な人が、そこにほんまにおるんを確かめるように。


また朝に電話するから、と何べんも振り返りながら帰ってくセンセイを見送ったあと、オカンの病室に向かう。

オカンの病室は廊下のいちばん奥。以前勤めてた場所ということもあって、たまたま空いてた個室に入れてくれた。

プールの水の中を歩くみたいに、気持ちははやるのに身体が思うように前に進まへん。

顔を早く見たいのに、どんな顔をしてええんかわからへん。やっとたどり着いた病室の前で立ちすくむ。何べんか迷ったあとに、ノックをして、ひんやりしたアルミのドアノブに手をかける。

暗い病室の中、電気もつけんと、窓際にオカンが立ってた。ああ、月ちゃん、目え覚めたん。大丈夫？とまるで普通の様子で笑うオカン。初めて見るお下げ髪がオカンの顔を淋しく見せる。髪の毛に留まってるあたしの視線に気づいたオカンが、両手でお下げを持ち上げる。入院って言うたらお下げ髪よね、お母さん、いっぺんやってみたかったんよね、と両手の中のお下げをぴょこぴょこ振る。

オカン……お母さん、いつから自分の病気のこと知ってたん？

うつむくオカン。ちいちゃい子供がするように両方の親指の爪をイジイジともてあそぶ。

研ちゃんと『福耳』で会うた日、と、ようやっと聞き取れるぐらいの声でこたえるオカン。

半年ほど前から調子の悪いのんは感じてた。来週、また来週と、延ばし延ばしにしてるうちに過ぎてしまった日々。ようやっと検査に行って、結果を聞いたんがあの日やった。

また、パズルのパーツが一個はまった。なんで、その日にオカンが島崎さんの近くの『福耳』に行ったんか。なんで泣いてたんか。はまってほしくなかったパーツ。これで、絵はでけた？　もうあたしの見逃してるパーツはない？

なんで、なんで言うてくれへんかったん、とやっとのことで声にする。

だって、月ちゃんにはいちばん心配かけたなかってんもん、とうつむいたままのオカン。

できたら、知られんまま、ある日ぽっくり逝けたらええなって。悲しんで、残りの一緒の日が湿っぽくなってしまうよりも、できるだけ最期の最期まで、いつものとおりの母娘でおりたかってん、と言うオカン。

「そんなん、そんなん残酷すぎる。知ってたら、もっともっと、ずっとずっとオカンのそばにおったのにって、あたしいつまでも思うてしもて、知らんかった自分を絶対許されへん」

堰を切ったようにこぼれる言葉。堰を切ったようにあふれる涙。

「ほんまに、ほんまに、お医者さんの言いはったんはほんまなん？　誤診ってことはあれへん？　べつのお医者さんにも診てもうたら、治る道があるかもしれん」

気がついたらオカンの右手にすがるようにしてるあたし。神様、もしいてはるんやったら、オカンのこの手をあたしから放さんといてください、お願いです。

「ほかのお医者さんにもな、もう診てもうてん。同じこと言われた」

苦しい苦しい声でオカンが言う。青白い顔に目だけがキラキラ光ってる。

ナガクテ、イチネンデス。

じゃあ、短かったらいつなん。誰がなんでオカンを連れてってしまうのん。

自分の両手の中の、オカンの白い右の手のひらをぎゅっとつかむ。こんなにあったかいのに。こんなに生きてんのに。

オカン、いなくならんといて。いなくなったらアカン。絶対に。そんなん、みんな許せへんよ。サク婆もハチも。

そうや捨て男も。

「捨て男は知ってるのん？」

もう誰の死ぬとこも見たないって言うてた捨て男の声を思い出す。

オカンが目をそらす。

知らんのん？　裏庭で肩震わせてた捨て男の後ろ姿が浮かぶ。

「知らせんと結婚することにしたん？」

声が大きく震える。

そんな、そんな、自分がいつ逝ってしまうかわかれへんのに、お父さんに先立たれたときに自分が味わった気持ちを、捨て男にも味わわせんのん？　オカン、それはあんまりにも殺生《せっしょう》や。捨て男はもう大事な人をなくすつらさは充分味わったのに。ひどい、オカン、ひどいよ、と、知らされてなかった怒りがまたぶり返して、機関銃のように言葉が放たれてしまう。

言うたらアカンって、いちばんつらいのはオカンやってわかってんのに。

あたしの言葉に射抜かれて、ぐったりと垂れた頭を抱え込むようにして、その場にしゃがみ込んで泣き出したオカン。

「だって、だって、こわかったんやもん。ひとりで最期の日を、今日か、明日かって待つのんは、あたしかって、こわかったんやもん。

研ちゃんが、あたしの人生見守らせてくださいって言うてくれたとき、そんなふうに愛してくれる人と最期の日々を一緒に送りたいって思うてしもてんもん」

嗚咽《おえつ》でとぎれとぎれになりながらのオカンの声。

オカンの心が上げた悲鳴のような言葉があたしを打つ。オカンのそばに這うようにして近寄って肩を抱く。オカンの身体が震えてるんか、あたしの身体が震えてるんか、元はひとつやった身体を押しつけ合うようにして、ひとつになって震えるあたしとオカン。

気ぃついたら、横に捨て男が立ってた。廊下からの逆光でどんな顔してるんか、よう見えへん。

「陽子さん、俺、なんとなく気づいてました」

声が泣いてる。

「俺と一緒になるって言うてくれたあの晩に、どのくらい一緒におれるかわからへんけどごめんね、って陽子さん、ぽろって口にしたから」

え、そんなこと、あたし言うた？　と目の前の見えへん糸をたぐるような表情のオカン。

「それでも、俺、全然、かまへんかったんです。ちょっとのあいだでも陽子さんのそばにおられたら」

ゆっくりとうつむいてたオカンが顔を上げた。研ちゃん、と捨て男の名前を呼びながら。

それは父の名を呼ぶときのような音やった。愛しい人の名を呼ぶ音。暗闇の中、美しく動くオカンの唇のカタチ。

はじかれたように捨て男が床に手をつく。

「お願いやから、別れようなんて言わんとってください。言うてたまま、僕と一緒になってください。僕に、僕に、陽子さんの残りの人生見守らせてください！」

研ちゃん、と捨て男を呼ぶオカンの声は、もう声になってへん。

「僕は……僕は、百年一緒におられるほかの人より、たとえ一年しか一緒におられんでも陽子さんがええんです！」

捨て男の怒濤《どとう》のような思いが、すごい勢いでオカンに向かって流れるのが見えた。

その潮に巻かれるようにして、研ちゃん、研ちゃん、と、その名前を呼びながらオカンがその胸に倒れ込んでいった。最期の日々を一緒に過ごしたいと思た人の腕の中に。

その引き潮に足をとられるようになりながらもフラフラと立ち上がり、あたしは病室を出た。後ろ手でドアを閉める。ギュッと力を込めて。そうしたら捨て男とオカンの限られた時間がドアの中に閉じ込められるような気がして。あまりにも短いふたりの時間を守りたくて。

廊下は相変わらず長くて、白々と淋しい明るさで満ちてた。ゆっくりゆっくりと前に進んだ。足音を立てないように。不吉なものに、いまはまだ追いつかれへんようにと祈りながら。

第八章　桜色

昔は桜というもんが、べつにそんなに好きでもなかった。子供にありがちな、チューリップやバラやカーネーション。わかりやすい花が好きやった。

大人たちが競って花見と言うて、わざわざ遠足のように出かけていくのが不思議やった。いまは、見上げる桜は目にしみて美しい。

美しくてこんなにはかない花やったんや、と思う。もうすぐ散るのを知ってか知らいでか、精一杯咲いてるようなその姿。

サク婆、センセイ、あたし、捨て男とオカンと、そしてハチ。川べりの特等席のござの上で今日はお花見。平日の昼下がりやからそんなに混んでないかなって思うたけど、川べりのあちらこちらで、いくつものグループがお花見を楽しんでる。川に沿って、どこまでも続くように見える桜並木。遠くのほうがピンク色に霞んで見える。天気がようて、風まで桜色をしてるような午後。

さっき、捨て男のお花見弁当のお重の蓋を開けて、みんなで子供みたいな歓声を上げた。一番目のお重には、桜でんぶの手毬寿司《てまりずし》、菜の花のからし和え、ツヤツヤの出汁巻き玉子、鶏肉とサヤエンドウの信田巻き、青々とした木の芽がのせられた鰆《さわら》の味噌焼に、空豆の塩茹《しおゆ》でと、春爛漫。

すごい、すごい、と言う声に、デザートもあるねんで、と得意そうに捨て男が開けた二番目のお重には、三色のお花見団子と桜餅。うわあ〜、すごいおいしそう〜、とみんなでもいちど大合唱。

捨て男は別のタッパーにハチの分のお弁当まで用意してきて、それを尻尾ぶんぶん振りながら、鼻までタッパーに突っ込んだハチがすごい勢いで食べてる。

ほんま、わかりやすい花より団子やな、と言うサク婆の言葉にみんなが笑う。

穏やかな春の光の中、オカンが笑《わろ》てる。ときおり風に吹かれて飛んでくる白い花びらが、ストップモーションのようにオカンの髪の毛にとまる。

一緒の時間を少しでも覚えておきたくて目を凝らす。

目の前の時間の流れは止められへんけど、心の中には留めとくことができるはず。

来年の桜のころは、と、浮かんだ思いを振りきるように首を振る。

わからへん一年後のことよりも、目の前のいまを抱きしめたい。

明後日《あさって》にはあたしは花嫁の娘になる。オカンが嫁ぐのをうまく見送れるやろうか。つるかめ、つるかめ、心の中で唱えもって、川辺を渡る風を大きく吸い込む。


二度と戻らへん時間をつないでつないで誰もが生きてく。

はらはらと散る一瞬のひとひらをのせて流れる、この目の前の川の流れみたいに。

いつ終わるのか、どこへたどりつくのかわからへん流れの中を。

あたしもまた、ゆっくり泳いでいこう。あたしらしく。

一瞬ごとに変わるその水のきらめきに、目を凝らしながら。

この作品は二〇〇八年六月に小社より単行本として刊行した『オカンの嫁入り』を改訂し、
タイトルを変更して文庫化したものです。
この作品はフィクションです。実在する人物、団体等とは一切関係ありません。

宝島社
文庫

さくら色 オカンの嫁入り （さくらいろ おかんのよめいり）

2009年9月19日 第1刷発行
2021年6月17日 第8刷発行

著 者 咲乃月音
発行人 蓮見清一
発行所 株式会社 宝島社
〒102-8388 東京都千代田区一番町25番地
電話：営業03（3234）4621／編集03（3239）0599
https://tkj.jp

印刷・製本 株式会社廣済堂

本書の無断転載・複製を禁じます。
乱丁・落丁本はお取り替えいたします。
©Tsukine Sakuno 2009 Printed in Japan
First published 2008 by Takarajimasha,Inc.
ISBN978-4-7966-7346-4

宝島社文庫　好評既刊

宝島社文庫

辰巳センセイの文学教室 上
「羅生門」と炎上姫

瀬川《せがわ》雅峰《まさみね》

辰巳祐司は国語科のセンセイ。ゆえに言葉で、こじれた心と謎を解く。なんらかのトラブルで階段から落ちて負傷した女生徒。事情を調べるうちに見えてくる、複雑な恋愛模様や家庭事情。それはどこか、森鴎外の『舞姫』と重なっていく。名作文学と高校生活がリンクする、青春恋愛ミステリー。

定価 792円（税込）

宝島社文庫　好評既刊

宝島社文庫

辰巳センセイの文学教室　下
「こころ」を縛る鎖

瀬川雅峰

言葉を尽くして生徒と向き合う辰巳センセイの姿に、円城咲耶は惹かれていた。彼女が短期留学に発った直後に現れた、美貌の補助教員シャーロット。日々が巡り人間関係が変化するなかで、辰巳の「こころ」を縛る鎖が見えてくる。日本文学とリンクする、人間ドラマの行き着く先は……。

定価 792円(税込)

宝島社文庫　好評既刊

宝島社文庫

総務課の播上《はたがみ》君のお弁当 ひとくちもらえますか？

森崎《もりさき》 緩《ゆるか》

札幌の企業に就職し、新生活をスタートさせた料理男子・播上。毎日弁当を持参していた播上は、ある日弁当袋を手に暗い顔の同期の清水に気づく。励ますべく、おかずを一切れあげたことから、二人は〝メシ友〟になり――。お弁当が結ぶ、ちょっぴり鈍感でのんびり屋さんの恋愛ストーリー。

定価 715円（税込）

宝島社文庫　好評既刊

宝島社文庫

死にたがりな少女の自殺を邪魔して、遊びにつれていく話。

星火《せいか》燎原《りょうげん》

相葉純は死神に寿命を渡し、時間を巻き戻せる時計を手に入れた。ある夜、少女が自殺したというニュースを見る。なぜだか胸がざわついた相葉は、時間を巻き戻して少女・一之瀬月美の自殺を邪魔することにする。巻き戻しと自殺の邪魔をし続けるうち、二人の関係は徐々に変化していき……。

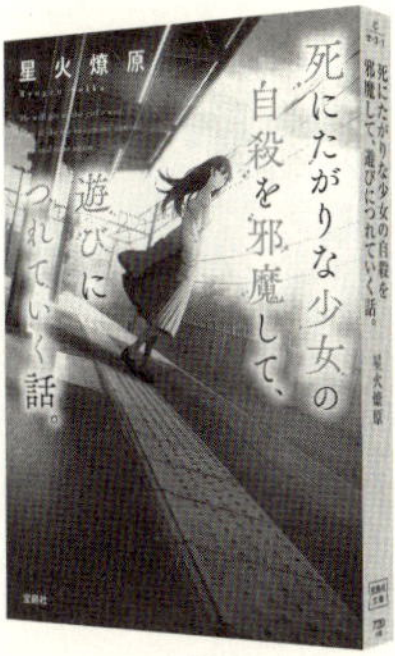

定価　792円（税込）

宝島社文庫　好評既刊

宝島社文庫

鎌倉うずまき案内所

青山《あおやま》美智子《みちこ》

主婦向け雑誌の編集部で働く早坂瞬は、取材のため訪れた鎌倉で、ふしぎな案内所「鎌倉うずまき案内所」に迷いこんでしまう。そこには双子のおじいさんとアンモナイトがいて……。平成のはじまりから終わりまでの30年を舞台に、6人の悩める人びとを通して語られる、ほんの少しの奇跡たち。

定価　825円（税込）